KB082443

# 이상한 동거

# 이상한 동거

김선희 지음

주니어김영사

## 차례

영감이 물었다.

"왼손잡이냐?"

남이야 왼손으로 밥을 먹든 발가락으로 글씨를 쓰든 그건 왜 물어보는데? 그리고 왼손으로 먹는 거 보면 모르나? 확인 사살해서 어쩌자는 거야?

나는 태어났을 때부터 왼손잡이였다. 밥도 왼손으로 먹고 글씨도 왼손으로 썼다. 어렸을 때 엄마는 그런 나를 칭찬했다. 왼손잡이가 머리도 좋고 성공한다면서. 그런데 영감은 왼손잡이인 게 대단히 잘못된 것처럼 못마땅한 표정이다.

"아니오."

나는 재빨리 오른손으로 젓가락을 바꿔 들었다. 청개구리가 어떤 건지 제대로 보여 주겠어.

오늘도 반찬이 풍성하다. 시금치나물, 더덕무침, 가지나물, 멸치볶음, 콩자반, 열무김치, 매실 장아찌, 감잣국. 역시나 특별 요리도 빠지지 않았다. 영감 앞에 놓인 노릇노릇 잘 구워진 옥돔 한 마리.

나는 영감 앞에 놓여 있는 옥돔을 노려보았다. 도저히 손을 뻗어서 집을 수 없는 거리이다. 그건 바로 내 신분이 영감 신분과는 같아질 수 없다는 눈물겨운 증거이기도 하다.

영감 앞에는 언제나 특별 음식이 놓인다. 며칠 전에는 적당히 구워진 꽃등심이 놓인 적이 있었다. 염치 불고하고 자리에서 일어나 고기에 젓가락을 갖다 댔다. 그런데 고기를 집기도 전에 엄마가 내 손을 탁 쳤다. 젓가락이 초고추장 종지 위로 날아갔고, 그 바람에 초고추장이 사방으로 튀었고, 그 바람에 울컥했다. 초고추장이었으니 망정이지 피였으면 사방에 피 칠갑이 됐을 뻔했다. 하지만 내 마음에서 초고추장이 튄 식탁은 이미 선혈이 낭자한 피바다였다. 눈물이 나올 뻔했지만 언제나 그랬듯이 꾹 참았다. 그때를 생각해서 오늘도 옥돔은 포기.

오른손으로 반찬을 집으니 제대로 집어지지 않는다. 콩 한 알을 집으려다가 끝내 포기하고 시금치나물을 집었다. 오른손으로 집은 반찬은 확실히 왼손으로 집은 반찬보다 맛이 없다. 이상하다. 똑같은 반찬인데 왜 왼손으로 집어먹을 때와 오른손으로 집어먹을 때의 맛이 다를까?

영감은 계속 못마땅한 얼굴로 나를 힐끔힐끔 보고 있고, 엄마는 안절부절못하고 있다.

반찬이 놓인 중앙까지는 팔을 뻗어도 거리가 멀다. 한 칸 건너 의자에 옮겨 앉으면 되지만 나는 식탁 맨 끝자리에서 짧은 팔을, 그것도 오른손을 뻗어 반찬을 집고 있다. 당연히 식탁에는 흘린 반찬이 수북하다.

마침내 영감이 또 한소리 했다.

"왜 자꾸 거기 앉는 거냐. 이리 와서 앉으라니까."

영감이 옆자리를 눈으로 가리켰다. 한 식탁에서 밥을 먹는 것 만으로도 불편해 죽겠는데, 옆자리에 앉으라는 건 나더러 밥 먹고 체하라는 소리나 마찬가지다. 이번에는 들은 척도 하지 않고 꿋꿋이 맨 끝자리에 앉아 있었다.

엄마가 눈으로 말했다. 말 들어, 제발. 나도 눈으로 대답했다. 싫어.

이곳에 와서 엄마와 나는 눈으로 대화하는 대화법을 터득했다. 내가 이름 붙이길, '눈치 보기 묵언 대화법'이다. 엄마는 입으로 하는 말보다 눈으로 하는 말이 더 많다. 그래서 엄마의 눈빛은 비정상적으로 발달했다. 화난 눈, 짜증 내는 눈, 힘들어하는 눈, 잔소리하는 눈, 욕하는 눈, 영감 눈치 보는 눈, 내 눈치 보는 눈. 엄마는 눈으로 말한다. 어서 말 들어, 안 돼, 그건 하지 마, 입 다물어, 빨리 대답해. 나는 아직은 단문밖에 읽지 못한다. 장문은 읽고 싶지도 않다.

나는 밥을 씹으며 엄마에게 눈으로 말했다. 두고 봐, 내일은 더 많이 흘려 줄 테니까.

내가 영감에게 반항하는 이유가 있다. 내가 영감을 싫어하는 만큼 영감도 나를 싫어하게 만들기. 그래서 영감이 스트레스를 받아 제 명에 못 살게 하기. 악마 같은 생각이지만 어떤 날에는 영감이 빨리 죽었으면 좋겠다고 생각할 때도 있다.

이 집에 온 첫날부터 영감이 싫었다.

## 일주일 내내 비가 내리던 토요일에 여기로 왔다.

그날은 하늘에 구멍이 난 것처럼 폭우가 쏟아졌고 미친 바람까지 불었다. 정말 대단한 환영 행사였다.

짐이라고는 별거 없었다. 살던 집에서 짐 몇 개는 이미 택배로 부치고, 남은 짐이라고는 엄마 것 29인치 여행 가방 하나와 내 것 21인치 여행 가방 하나가 전부였다.

버스에서 내려 한참을 걸었다. 산꼭대기에서부터 불어 내려오는 비바람 때문에 비탈을 올라갈 때는 정말 죽을 맛이었다. 바퀴가 달린 여행 가방은 한 걸음 끌고 올라가면 두 걸음 뒷걸음질쳤다.

우산이 바람에 자꾸 뒤집혔다. 몇 번이나 뒤집힌 우산을 접었다 폈지만 어차피 몸은 다 젖어 버려서 다시 쓴다고 해도 별 의미가 없었다. 나는 벌러덩 뒤집힌 우산을 콩밭에 던져 버렸다. 아끼는 빨간색 땡땡이 무늬 우산이지만 바람에 살이 두 개나 부러져 미련이 없었다.

엄마와 나는 강물을 거슬러 올라가는 연어들처럼 꾸역꾸역 비탈길을 올라갔다. 올라갈수록 빗방울이 점점 잦아들었다. 비탈길을 거의 다 올라갔을 때 비는 완전히 멎었다.

엄마가 손가락으로 앞쪽을 가리켰다.

"빨리, 빨리. 와서 저것 좀 봐."

눈앞에 믿을 수 없는 광경이 펼쳐졌다. 설마 이런 곳에 저렇게 넓은 저수지가 있을까 싶은, 짙은 초록색 물이 가득 담긴 넓은 저수지가 거짓말처럼 눈앞에 나타났다.

저수지 표면 위로 물안개가 뭉글뭉글 피어오르고 있었다. 물안개는 아주 느리게 움직였다. 괴물이 온몸의 관절을 펴고 기지개를 켜듯 물안개가 저수지 주변으로 천천히 퍼지고 있었다.

저수지 주위에는 완만한 경사를 이루고 있는 산이 거대한 팔로 감싸 안듯 저수지를 에워싸고 있었다. 나무의 초록색이 저수지에 녹아내렸는지 저수지도 산 색깔과 같은 진초록색이었다.

물에서 나온 안개는 서서히 산으로 올라갔다.

그것은 뭐랄까? 산과 저수지와 안개가 마치 살아 있는 생물체, 한 몸인 것처럼 보였다. 물안개는 산과 저수지의 영혼 같았고, 영혼이 잠시 지루한 틈을 타서 몸 밖으로 나와 세상 구경을 하다 이제 다시 천천히 자기 몸으로 들어가는 것 같았다.

나는 멍하니 서서 산과 저수지의 영혼인 물안개가 자기 몸을 찾아 들어가는 것을 바라보았다. 이곳에 올라오면서 느꼈던 짜증도 잊은 채.

"이래서 내가 여길 좋아한다니까."

엄마가 동의를 구한다는 듯 나를 보았다. 어때? 너도 좋지? 그런 눈빛으로. 그제야 정신이 번쩍 들었다.

"어디야? 아직 멀었어?"

엄마가 여행 가방 손잡이를 잡았다. 조금만 가면 돼. 버스에서 내려 거기까지 가는 동안 엄마가 했던 말이다. 조금만 올라가면 돼. 조금만. 하지만 이제 나는 엄마 말을 믿지 않는다. 엄마는 평생 나한테 거짓말을 했다.

이제 조금만 지나면 좋아질 거야. 참고 견디자. 내일은 네가 사 달라는 운동화 꼭 사 줄게. 내년에는 꼭 여행 가자. 약속. 약속. 약속. 하지만 약속은 한 번도 지켜지지 않았다. 엄마는 '그렇게 됐으면 좋겠어.'라는 바람을 '그렇게 될 거야.'라고 믿는 사람이다.

저수지를 막고 있는 둑은 폭이 자동차가 두 대 정도 지나갈 수 있는 도로였다. 도로에는 군데군데 빗물이 고여 있었다.

엄마는 당당하게 그 한가운데로 걸어갔다. 나는 엄마에게서 다섯 발자국쯤 떨어져 따라갔다. 도로에 패인 웅덩이에 고인 물을 밟을 때마다 찰방찰방 소리가 났다.

도로가 끝나면서 길이 오른쪽으로 구부러졌다. 구부러진 길은 저수지를 끼고 계속 이어졌다. 엄마는 방향을 틀어 구부러진 길로 계속 걸어갔다. 도로 초입에서는 보이지 않았는데 그 길로 들어서니 길가에 작고 허름한 집 한 채가 있었다.

유리문이 달린 허름한 가게였다. 문에 정자체로 '매점'이라고 쓴 종이가 붙어 있었다. 유리문 너머로는 음료수가 들어 있는 냉장고와 낚시 도구들이 세워져 있는 선반과 과자와 라면 몇 개가 놓인 선반이 보였다.

이제 저수지가 전면으로 보였다. 저수지는 비탈길 위에서 보던 것보다 훨씬 넓었고 주위를 빙 둘러 파라솔이 여기저기 놓여 있었다. 파라솔 아래에는 우비를 입은 남자들이 유령처럼 군데군데 앉아 있었다. 그러니까 이곳은 저수지가 아니라 낚시터였다.

앞서 걷던 엄마가 매점 바로 옆 샛길로 갑자기 발걸음을 틀었다. 또 가파른 오르막길이었다. 오르막길을 보자 한숨이 나왔다.

콘크리트로 포장이 돼 있는 오르막길은 꽤 가팔랐다. 양손으로 여행가방 손잡이를 잡고 죽을힘을 다해 올라갔다. 비에 잔뜩 젖은 몸은 아래에서 누가 잡아당기는 것처럼 무거웠다.

오르막길을 다 올라갔을 때 눈앞에 이층집이 나타났다. 넓은 잔디가 깔려 있고 잔디 가장자리에는 보라색 작은 꽃들이 가지런히 피어 있었다. 마당을 빙 둘러싸고 있는 나무들도 잘 손질돼 있었다. 풍경이 바람에 살랑살랑 흔들리며 맑은 종소리를 냈다. 잡지에서 본 것 같은 멋진 집이었다.

하지만 나는 집을 감상하고 있을 기분이 아니었다. 앞으로 살 집 따위에는 관심도 없었다. 당장 따뜻한 물에 샤워를 하고 흠뻑 젖어버린 옷을 갈아입은 뒤 음악을 듣고 싶을 뿐이었다.

"왜 벌써 온 거야?"

뒤에서 걸걸한 노인네 목소리가 들렸다. 엄마와 나는 동시에 뒤를 돌아보았다.

빗물이 뚝뚝 떨어지는 검은색 우비를 입고 무릎까지 올라오는 장화를 신은 영감이, 한쪽 손에는 어망을 들고 한쪽 어깨에는 기다란 낚싯대를 얹은 채 무표정한 얼굴로 서 있었다. 영감의 얼굴은 창백할 정도로 하얗고 몸은 서 있는 게 신기할 정도로 빼빼 말랐다.

엄마는 영감에게 공손하게 허리를 숙였다.

영감은 이번에는 나를 바라보았다. 영감의 눈이 내 머리 꼭대기에서 발끝까지 한 번 훑고 나서 가슴쪽에 와서 멈췄다. 그제야 내 몸이 비에 쫄딱 젖어 있다는 사실을 깨달았다. 뭐야, 이 영감. 지금 뭘 보고 있는 거야? 나는 재빨리 양팔로 가슴을 가렸다.

엄마가 빈 어망을 보며 물었다.

"고기 많이 잡으셨어요?"

"오늘은 내 팔뚝만 한 상어 한 마리 잡았어."

엄마가 필요 이상 호들갑을 떨며 물었다.

"어머, 상어요? 정말요? 어디 있어요?"

"놔줬지. 저도 살아야 하잖나."

"선생님, 정말 멋지세요."

저수지에서 상어를 잡았다고? 그걸 또 놓아줬다고? 거짓말도 정도껏 해야 믿지. 또 그 거짓말에 장단을 맞추는 엄마는 어떻고? 아부를 해도 정도껏 해야지.

허풍쟁이에다 거짓말쟁이 영감의 첫인상이 좋을 리가 없었다.

그 순간은 거짓말이라도 해서 모면하려고 하지만 세상은 엄마의 거짓말처럼 그렇게 만만하거나 어수룩하지 않다는 것을 안다. 아무리 거짓말을 해도 현실은 거짓말에 속아 넘어가지 않는다. 내가 이 세상에 어떤 희망도 기대도 갖지 않게 된 것도 다 엄마의 그 거짓말 때문이다. 이곳을 좋아한다는 엄마의 말도 어쩌면 거짓말일지도 모른다. 좋아했으면 좋겠다는 마음의 다른 표현.

## 식사 시간은 정말 죽을 맛이다.

가족도 아니면서 영감과 한 식탁에서 밥을 먹어야 한다. 나 혼자 먹겠다고 아무리 말해도 소용없었다. 이 집에서는 밥을 혼자 먹을 권리도 없다. 혼자 먹을 권리가 없으면 맛있는 반찬을 먹을 권리라도 있어야 하는데 그것마저 없다. 뭐 내 의지로 반찬에서 멀어진 거라 할 말은 없지만. 눈이 자꾸만 옥돔으로 향했다. 노릇노릇하게 잘 구워진 옥돔을 보자 혀 밑에 침이 고였다.

흠흠.

엄마가 헛기침을 하며 눈으로 말했다. 그건 그만 보고 어서 밥이나 먹어. 나는 모든 기를 눈동자에 모아 투정을 부렸다. 나도 옥돔 줘. 엄마가 눈으로 대답했다. 그건 귀한 거라 선생님만 드셔야 돼. 나는 눈에서 레이저를 쏠 듯한 기세로 말했다. 나도 입 있어.

세상에서 가장 치사한 게 먹는 걸로 사람 차별하는 거다. 그런 의미에서 보자면 영감은 세상에서 가장 치사한 인간이다. 아무리 내가 멀리 떨어져 앉아 있어도 한 식탁에서 밥을 먹는 이상 맛있는 음식은 나눠 먹어야 하는 거 아닌가?

영감이 식탁을 한번 훑어보더니 엄마한테 물었다.

"옥돔 더 없나?"

"더 구울까요, 선생님?"

참 나 어이없다. 영감한테만 주려고 달랑 한 마리만 구운 거였군. 이제는 영감보다 엄마가 더 싫어지려고 한다.

영감이 옥돔 접시를 내 앞으로 쓰윽 밀었다. 엄마와 나는 놀라서 동시에 영감을 바라보았다. 영감이 입맛을 다시며 말했다.

"요즘 통 입맛이 없네."

영감은 감잣국에 밥을 말았다.

"그럼 전복죽이라도 끓일까요?"

"아니, 됐네."

요즘 영감의 안색이 안 좋다. 통 입맛이 없는지 많아야 몇 숟가락 뜨는 정도였다. 엄마는 영감을 위해 매일 정성을 다해 식탁을 차리지만 영감은 나날이 말라가고 있다.

옳지, 좋았어. 점점 더 입맛이 떨어져라.

영감은 국에 만 밥을 반도 못 먹고 숟가락을 내려놓았다. 엄마가 영감 눈치를 살피며 물었다.

"그럼 누룽지라도 끓일까요, 선생님?"

"아니, 됐네. 나 먼저 들어가네."

영감이 방으로 들어갔다. 나는 옆 의자로 옮겨 앉고 왼손으로 젓가락을 바꿔 들었다. 오른손으로 먹을 때보다 반찬이 훨씬 맛있었다. 옥돔은 이제 내 차지다. 옥돔을 통째로 들고 꼬리에서부터 훑어 먹었다. 엄마가 나를 노려보았다.

"너, 정말 못돼 처먹었어."

물론 나도 내가 못돼 처먹었다는 거 안다. 예전에도 엄마한테 못되게 굴었지만 지금은 더 못되게 굴고 싶다. 엄마가 영감에게 잘해 주면 잘해 줄수록 나는 더 삐뚤어질 거다.

엄마가 한숨을 내쉬었다.

"선생님이 그렇게 싫으니?"

"엄마는 좋아?"

"우리한테는 은인이야. 고맙게 생각해."

엄마의 저런 굴욕적인 자세가 너무너무 싫다. 어차피 엄마는 돈을 받고 일을 해 주는 피고용인일 뿐이다. 옛날에는 식모라는 이름으로 불렸지만 요즘은 가사도우미로 불린다. 가사도우미도 어찌 보면 전문직이다. 엄마 정도의 살림 실력이라면 프로답게 일하고 그 대가를 당당하게 받으면 된다. 그런데 엄마는 영감 앞에만 있으면 쩔쩔맨다.

"우리가 거지야?"

"못 하는 소리가 없어."

엄마가 난처한 표정으로 영감 방을 슬며시 돌아다보았다. 나는 일부러 목소리를 더 높였다.

"어차피 돈 받고 일해 주는 거잖아. 왜 그렇게 쩔쩔매는데?"

"내가 언제 쩔쩔맸다고 그래?"

"누군 눈 없는 줄 알아?"

생각해 보면 영감을 싫어할 이유는 없다. 갈 곳이 없는 우리에게 살 곳을 내주었고 엄마한테 월급도 준다. 나한테 가끔 잔소리를 하지만 관심이 없으면 잔소리도 하지 않겠지. 오늘 옥돔도 일부러 안 먹고 내 앞으로 내민 것 같은 느낌이 든다. 나에게 피해를 준 것도 아니고 괴롭히는 것도 아닌데, 그런데도 싫다. 아무리 좋은 점이 백 가지가 넘어도 싫은 건 싫은 거다.

## 세상에서 가장 불행한 사람은 누구일까.

집이 찢어지게 가난한 사람? 매일 아빠에게 맞고 사는 사람? 얼굴이 지독하게 못생긴 사람? 전교 꼴찌를 할 만큼 공부를 못하는 사람? 친구가 하나도 없는 사람?

하지만 그런 것들은 불행 축에도 못 낀다. 세상에서 가장 불행한 사람은 바로 자기 연민에 빠진 사람이다. 자기 자신을 세상에서 가장 가련한 존재라고 믿는 사람. 자기 자신의 처지가 가련해서 혼자 우는 사람. 자기 연민에 빠지게 되면 지구 무게 만큼의 불행이 양어깨를 짓누르기 때문에 지구의 무게 만큼 불행하다. 그런 사람에게 행복이라는 자비는 비집고 들어갈 틈이 바늘구멍만큼도 없다.

일찍이 그런 진리를 깨달아 버린 나는 자기 연민에 빠지지 않으려고 부단히 노력해 왔다. 사실 객관적으로 보면 내 환경은 그리 좋은 편이 아니다. 아니 모든 종류의 불행을 진열해 놓은 불행 백화점 같다. 위에 열거해 놓은 모든 불행한 조건이 바로 내 상황이니까. 그런데도 한 번도 나를 불행하다고 생각하지 않았던 건 내가 자기 연민에 빠지지 않았기 때문이다.

네가 가여워서 울게 되면 그날로 넌 끝이야.

어렸을 때부터 그렇게 스스로 세뇌를 시켰다. 그래서 지금은 어떤 상황이 닥쳐도 그저 담담하다. 하지만 처음 이곳에 오던 그날은 나의 견고한 세계가 조금 흔들릴 뻔했다.

이곳에 오기 전 엄마는 서울에서부터 이곳까지 출퇴근을 하며 가사도우미를 했다. 매일 아침에 나갔다가 밤 늦게 파김치가 되어 돌아왔다. 그러던 어느 날 엄마가 말했다. 출퇴근하기도 힘들고 그 집에 빈방도 많은데 이참에 아예 거기 가서 살까? 그분도 그렇게 하라고 하는데. 엄마가 말한 그분이 바로 영감이었다. 내가 싫다고 하면 안 갈 생각이야? 내 물음에 엄마는 풀이 죽은 얼굴로 말했다. 집세 걱정 안 해도 되고 나도 출퇴근하느라 길에 시간을 버릴 필요도 없어. 무엇보다 좋은 건 너도 가 보면 알겠지만 거긴 천국이야.

답정너. 그러니까 답은 정해져 있고 너는 대답만 하면 돼. 딱 그거였다. 내가 안 된다고 해도 엄마는 어떤 수단과 방법을 가리지 않고 나를 이곳으로 끌고 왔을 거다. 질질 끌어 봐야 시간만 아깝다. 나는 마지못해 대답했다. 엄마 마음대로 해.

이곳에 온 뒤 엄마는 하루 종일 일을 했다. 청소와 빨래를 하고 매일 요리를 했다. 일을 하고 있는 엄마는 이 집의 주인 같았다. 가구에는 먼지 하나 없었고, 빨래는 마당에 쳐 놓은 빨랫줄에 눈부시게 걸려 있었다. 텃밭에서 재배한 싱싱한 채소로 매일 신선한 요리를 했다. 엄마는 하루 종일 집안일을 하면서도 얼굴에 미소가 떠나지 않았다.

가사도우미면 집안일만 열심히 하면 되는 거다. 영감한테까지 잘할 필요는 없다. 노래방 도우미도 아니고 영감한테 잘 보이면 특별 보너스라도 받을 수 있는지 찰싹 달라붙어서 하하 호호. 영감과 매일 산책을 하고 쉴 새 없이 수다를 떨고 이제는 밥도 같이 먹는다. 정말 눈꼴사나워서 못 볼 지경이다. 영감을 볼 때마다 온몸에서 가시가 돋치는 기분이다. 가시 몸뚱이로 영감을 받아 버리고 싶다.

## 지금까지 여러 방에서 살았다.

어두컴컴한 지하 방, 하늘과 가까운 옥탑방, 외국인 노동자들이 득실거리는 여관방, 늘 음식 냄새가 배어 있는 식당 방. 그런 방들을 전전했기에 내가 사는 방에 대한 기대 같은 건 없었다. 하지만 이곳으로 오기 전 엄마가 '이제 너도 네 방을 가지게 됐다.'라고 말했을 때, 태어나서 처음으로 내 방에 대해서 진지하게 생각해 봤다. 만약 진짜로 내 방을 갖게 된다면 어떻게 꾸밀까?

오래전부터 꿈꿨던 콘셉트가 있었다. 바로 마녀 소굴 콘셉트. 벽과 바닥과 천장은 검은색으로 칠하고, 방 한가운데에는 검은 벨벳 천이 덮인 침대를 놓고, 진짜 살아 있는 박쥐를 잡아다 풀어 놓고, 거미도 몇 마리 잡아다 거미줄을 치게 해야지. 구할 수 있다면 마법의 수정 구슬을 밤마다 문지르며 흑마술을 걸 테다. 이 세상에 있는 모든 사람이 불행의 저주에 걸리기를. 그래서 다같이 어둠의 구렁텅이에 빠지기를.

단순히 내 방을 갖게 됐다는 설렘보다는 그런 상상 때문에 기대했다. 하지만 이곳에 온 첫날, 이 방문을 여는 순간 그 모든 기대와 설렘은 순식간에 사라져 버렸다.

핑크색 꽃무늬 이불, 하늘하늘한 커튼, 흰색 책상과 같은 세트로 깔맞춤한 베이비 옷장, 침대에 치렁치렁 드리워져 있는 흰색 캐노피. 맙소사, 설마 내가 이런 것들을 좋아할 거라고 생각해서 방을 이 지경으로 꾸며 놓은 건가? 아니면 지금까지 이 방에서 분홍색 성애자가 살다 나갔나? 어이가 없어 멍하니 서 있는데 엄마는 흥분해서 어머나, 어머나를 연발했다.

“정말 예뻐요. 어쩜 이렇게 예쁘게 꾸밀 생각을 하셨어요?”

엄마는 영감에게 필요 이상으로 아부했다.

영감은 시크하게 한마디 했다.

“내가 했나? 인테리어 업자가 했지.”

“이럴 필요까진 없는데요, 선생님.”

“본인 마음에 들어야지.”

“마음에 안 들 리가 있겠어요, 선생님.”

영감은 슬쩍 내 얼굴을 봤다.

나는 있는 대로 인상을 썼다. 솔직히 이 방은 지금까지 살았던 방 중에서 최악이었다. 엄마가 내 옆구리를 쿡 찔렀지만 더 인상을 썼다.

역시 기대를 하는 게 아니었어. 기대는 실망의 어머니라는 사실을 또 잊은 거니?

그나마 벽 전면에 나 있는 유리창 하나는 마음에 든다. 이 집에 온 뒤로 집 밖으로는 한 발짝도 나가지 않았다. 그 대신 창문으로 바깥세상을 구경했다.

유리창으로 밖이 시원하게 보였다. 하늘과 산, 저수지, 저수지 둑을 따라 산으로 뻗어 있는 길. 환상적인 풍경이었다. 지금까지 살았던 집에서는 창밖 풍경을 보고 감탄한 적이 한 번도 없었다. 도시에서 살 때는 창문이 있는 것도 의식하지 못했다. 창밖으로 보이는 것이라야 옆집 벽이거나 오줌 지린내가 진동하는 골목이거나 매연으로 가득 찬 하늘이었다. 심지어는 진짜로 창문이 없는 방에서도 살았다.

하지만 여기서는 다르다. 매일 아침에 일어나자마자 바깥 풍경을 내다본다. 아침에는 물안개가 피어난다. 처음 이곳에 오는 날 봤던, 소나기가 한바탕 지나간 다음에 피어오르던 물안개와는 다른 신비롭고 환상적인 아침의 물안개.

나는 매일 아침 저수지에서 피어오르는 물안개가 산 너머로 사라질 때까지, 또다시 저녁 물안개가 피어올라 푸르스름한 어둠 속으로 사라질 때까지 창밖을 바라보았다. 그렇게 하루 종일 바깥 풍경을 보고 있으면 흐르는 시간이 보인다.

## 동물에게 시간이란 어떤 걸까?

우리가 느끼는 시간의 흐름과 동물이 느끼는 시간의 흐름에는 어떤 차이가 있을까? 만약 인간의 세포가 일 분에 한 개씩 늘어난다면 동물들은 몇 개씩 늘어날까? 그럼 인간의 세포가 일 분에 한 개씩 죽을 때, 동물들은 일 분에 몇 개씩 죽는 걸까? 대부분의 동물은 인간보다 수명이 짧으니까 인간보다 빨리 세포가 늘어나고 인간보다 빨리 세포가 죽겠지. 그렇게 빨리 자라고 빨리 죽는 건 어떤 기분일까?

나는 지금 이렇게 지겨운 시간을 보내고 있는데, 개처럼 다섯 배속으로 시간을 살아 버린다면 십오 년쯤 뒤에는 호호백발 할머니가 될 수도 있지 않을까? 아아, 그렇다면 차라리 개로 사는 것도 괜찮을 것 같은데.

사람으로 사는 건 정말 싫다.

엄마가 영감 집에 가서 살아야 한다고 말했을 때 나는 이미 모든 것을 버리기로 결심했다. 우선 쓸모없게 된 물건부터 버렸다. 교과서는 어차피 전학을 가면 출판사가 다르기 때문에 사용할 수 없어 제일 먼저 버렸다. 그다음에는 안 입는 옷과 신발들, 오래 써 온 일기장, 문구점에서 산 싸구려 장신구들. 늘 버리는 것에 익숙했기 때문에 아쉽지는 않았다. 오래된 양철 깡통을 버릴 때는 조금 고민했다.

누구에게나 특별한 물건 하나쯤은 있다. 나에게는 양철 깡통이 그랬다. 그걸 어떻게 손에 넣게 되었는지 모르겠지만 다 찌그러진 커다란 양철 깡통 하나를 갖게 되었다. 그 빈 깡통에 잡동사니를 채워 넣었다. 다섯 살 때부터 열다섯 살 때까지. 무려 십 년의 생애를 그 안에 넣었다. 물론 물건들은 줄이 끊어진 싸구려 진주 목걸이거나, 1970년대에 발행된 십 원짜리 구리 동전이거나, 어느 날 밥을 먹다 빠져 버린 앞니 같은 그런 것들이었다. 하지만 그것들은 열다섯 살 때까지의 내 시간이 압축된 소중한 물건들이었다.

나는 양철 깡통 안에 시간을 담아 두고 싶었다. 지금까지 흘러간 혹은 지금도 흐르는, 또 앞으로 흘려보낼 시간들이 다 어디로 갔는지 알고 싶었다. 작아진 신발은 의류 수거함에 넣으면 누군가 발이 맞는 아이가 가져다 신을 거고, 똥은 바다로 흘러가 분해되어 물고기의 먹이가 될 거고, 내뱉은 이산화탄소는 하늘로 올라가 지구를 몇 바퀴 돌고 돌아 지구 반대편에 있는 누군가의 입속으로 들어갈 거다. 내가 쓰고 싸고 뱉었던 모든 것은 다 어떤 형태로든 이 지구 상에 남아 있기 마련이다.

하지만 시간은 누가 가져가지도 않고 누가 먹지도 않는다. 우주를 떠돌다가 비나 눈이 되어 지구에 살포시 내려앉지도 않는다. 시간은 액체도 아니고 기체도 아니라서 모을 수도 없다. 그렇다면 지구 상에 있는 70억이 넘는 인구, 아니 그 전전전에 살던 사람들이 모두 다 갖고 있던 시간들은 어디로 간 거지?

나는 지구 상에서 최초로 시간을 모으는 사람이 되고 싶었다. 비록 눈에 보이지도 않고 잡히지도 않았지만, 아끼는 물건들에 붙어 있는 시간을 도망가지 못하도록 양철 깡통 안에 고이 가둬 둘 생각이었다.

그렇게 해서 모은 시간은 뚜껑이 닫히지 않을 정도로 많았다. 때로는 버리고 싶은 시간도 있었다. 유치원 때 친구와 싸워서 절교했을 때 그 애가 준 머리핀을 버렸다. 그러고 나니까 거짓말처럼 그 애에 대한 모든 기억도 지워졌다. 온통 죽고 싶다, 싫다, 괴롭다라는 단어들로 채워진 일기장도 버리고 싶었다. 하지만 끝내 버리지 못하고 양철 깡통 안에 가둬 두었다. 그렇게 양철 깡통 안에는 내가 모아 둔 시간이 가득 찼다.

이사 전날, 양철 깡통을 앞에 두고 고민했다.

이걸 버리면 과거의 내 시간도 어디론가 사라지겠지?

나는 아주 더 많이 고민했다.

깡통을 비우고 지금부터 시작되는 시간을 모아 볼까?

아마 다른 곳으로 이사를 간다고 했으면 그 깡통을 가져갔을지도 모른다. 하지만 이제부터 살아야 할 곳은 지하 방도 아니고 옥탑방도 아니고 여관방도 아니고 얼굴도 모르는 사람 집이다. 더구나 그 집 주인은 언제 죽을지 모르는 영감이란다. 그런 생각을 하자 오랜 고민은 의외로 간단하게 해결되었다.

한밤중에 양철 깡통을 들고 동네 놀이터로 갔다. 동네에서 땅을 팔 수 있는 곳은 놀이터밖에 없었다. 그네 밑에 땅을 파고 양철 깡통을 묻었다. 아무도 파낼 수 없게 아주 깊이.

누군가 그네를 탈 때마다 그 밑에 묻혀 있는 깡통 안의 시간들을 발로 툭툭 차서 하늘 높이 날려 주었으면 하고 생각했다. 묻혀 있던 시간들은 하늘을 뚫고 우주로 날아가, 우주를 떠돌다가 언젠가 다시 나에게로 돌아와 주길 바라면서 묻었다.

아무래도 핑크색은 적응이 안 된다.

밥을 먹고 2층 내 방으로 올라갔다. 문을 열자 핑크색이 확 튀어나와 깜짝 놀랐다. 끔찍한 핑크색. 아마 백만 년이 지나도 방문을 열 때마다 깜짝깜짝 놀랄 것 같다.

이 집에 들어와 살게 된 후 나는 집 밖으로 나간 적이 없다. 방에 처박혀 창밖을 내다보는 게 유일한 낙이었다. 고작 창밖을 내다보는 게 유일한 일이라니, 참으로 비루한 인생이다. 그나마 창이라도 있으니 다행이라고 해야 하나?

그렇다고 할 일이 있는 것도 아니다. 여름 방학이라 학교에 가지도 않고, 교과서나 책을 다 버리고 왔기 때문에 읽을 책도 없고, 친구도 없으니 놀지도 못하고. 남들 다 있는 휴대 전화도 없으니 가지고 놀 것도 없다. 하긴 뭐 휴대 전화가 있어도 통화할 친구가 없으니 있으나 마나이고, 책 읽는 취미도 없으니 어차피 멍 때리는 일 말고는 할 일도 없었다.

창밖 세상은 실록이 우거진 한여름.

하늘은 높고 공기는 투명하다.

엄마가 노크도 없이 불쑥 내 방으로 들어왔다. 나는 재빨리 침대로 다이빙을 했다. 엄마가 침대에 걸터앉았다.

"도대체 왜 그러는데?"

"내가 뭐?"

"여기 온 뒤로 계속 화가 나 있잖아. 선생님한테는 왜 그렇게 못되게 구는 건데?"

엄마는 영감한테 꼬박꼬박 선생님, 선생님 한다. 어딜 봐서 영감이 선생님인지 모르겠다. 선생님이라면 적어도 존경할 만한 데가 하나라도 있어야 하는데 영감은 그럴 만한 구석이 개미 똥구멍만큼도 없다.

"엄마만 굽실거리면 됐지. 나도 그래야 돼?"

엄마가 씁쓸한 표정으로 나를 쳐다보았다. 세상에서 제일 가련한 척 비극적인 여인 코스프레하는 저 눈빛, 저 표정. 이제 꼴도 보기 싫다.

"얘 지금 엄마한테 말하는 것 좀 봐."

내가 조금 심하게 말을 한 건 미안하지만 사실이다. 가사도우미는 엄마지 내가 아니다. 나는 그저 가사도우미에 딸려 온 옵션일 뿐이다. 나까지 영감에게 굽실거릴 필요는 없다.

"영감하고 같이 밥 먹기 싫어."

"선생님이 널 얼마나 예뻐하는데 그럼 못써."

"선생님은 개뿔."

"광민아."

엄마는 내 이름을 부르는 걸 보니 진짜로 화가 난 것 같았다. 내 이름은 나한테 쥐약이다. 셀 수 없이 많은 예쁜 이름을 두고 하필이면 여자 이름을 광민이라고 짓다니 제정신인가?

"누가 나 예뻐해 달래?"

"다 널 위해서 그러는 거잖아."

"날 위한다면 제발 날 투명인간 취급해 줬으면 좋겠어."

엄마는 한숨을 푹 내쉬었다. 엄마는 나를 어쩌지 못한다. 나를 낳은 것 자체가 엄마에게는 재앙이었다. 엄마가 말했다.

"심부름 좀 해."

"무슨 심부름?"

"저 아래 매점에 토마토 좀 갖다 주고 와. 어제 밭에서 땄는데 싱싱하고 맛있어."

"내가 왜?"

"이참에 밖에도 좀 나가고 산에도 좀 올라가 봐. 뒷산 정말 좋더라. 약수터도 있어."

좋으면 엄마나 실컷 다니지. 하긴 아침마다 영감하고 약수터까지 산책하고 있지?

"싫어."

"제발 광민아. 광민아, 응? 광민아……."

엄마가 이제 거의 울 것 같은 얼굴로 애원하기 시작했다. 엄마 입에서 내 이름이 더 나오기 전에 항복. 내 이름을 계속 듣고 있느니 차라리 심부름을 하는 게 더 낫다.

"알았어."

침대에서 벌떡 일어났다. 엄마 얼굴에 오늘도 이겼다는 야비한 미소가 살짝 스치고 지나갔다. 엄마는 내 치명적인 약점을 알고 그 약점을 공격하는 데 선수다. 아무래도 우리는 너무 오래 함께 산 것 같다.

## 햇빛이 낯설었다.

내가 16년 동안 하루도 빠짐없이 봤던 그 햇빛과 지금 햇빛은 믿을 수 없을 만큼 달랐다. 지금의 햇빛은 사람의 폐부까지도 뚫고 들어올 정도로 강하고 또 낯설다. 생전 처음 보는 햇빛 같다.

눈이 시렸다. 얼굴을 찡그리고 비탈길을 내려갔다. 내려가는 동안 햇빛에 익숙해져서 얼굴을 찡그릴 필요가 없었다.

비탈길에서 보니 저수지가 한눈에 다 보였다. 가슴이 시원해질 정도로 드넓은 저수지였다. 이제 보니 이 집 전망은 최고였다. 도대체 영감은 얼마나 부자이기에 이렇게 전망 좋고 넓은 집에서 혼자 살고 있는 거지?

비탈길을 다 내려가자 왼쪽에 매점이 보였다. 이곳에 오던 첫날 귀곡산장처럼 을씨년스러웠던 매점이 오늘은 조금 산뜻해 보였다. 이 근처에 집이라고는 달랑 저 매점 한 곳뿐이었고 주위에는 산이 빙 둘러싸고 있었다.

엄마가 바구니에 담아 준 토마토를 들고 매점 안으로 들어갔다.

매점 안에 있던 아주머니가 부루퉁한 얼굴로 나를 힐끔 쳐다보았다. 불도그처럼 뺨이 축 처져 있고 눈이 부리부리한 첫인상이 무척 사납게 생긴 아주머니였다. 새카맣게 탄 얼굴에는 주근깨와 기미가 가득했고 펑퍼짐한 일바지에 늘어진 티셔츠를 입고 있었다.

아주머니의 표정이 너무 무서워 잔뜩 움츠러들었다.

아주머니는 세상만사가 다 귀찮다는 듯한 얼굴로 물었다.

"뭐냐?"

나는 바구니를 내밀고 겨우 말했다.

"이거 엄마가 갖다 드리라고 해서……."

아주머니는 바구니를 힐끔 보더니 역시 무뚝뚝한 얼굴로 물었다.

"윗집에서 왔냐?"

"네."

"엄마한테 잘 먹겠다고 전해라."

아주머니는 전혀 고맙지 않은 얼굴로 바구니를 받아 토마토를 탁자 위에 쏟은 뒤 바구니를 다시 내밀었다. 바구니를 받아들고 돌아서는데 아주머니가 물었다.

"몇 학년이니?"

"네? 저요?"

"그래 너. 너 말고 여기 누가 또 있니?"

"중3인데요."

"그래? 그럼 우리 강슬이하고 똑같네."

"네?"

"우리 딸."

아, 이런 시골구석에 나하고 똑같은 중3짜리 여자애가 있다니. 믿을 수 없었다. 나랑 동갑인 여자애가 있다면 엄마는 왜 그 얘기를 안 한 거지? 그리고 저렇게 늙은 아주머니한테 중학생 딸이 있단 말이야? 왠지 모르게 으스스한 기분인걸. 아주머니가 이름을 묻기 전에 인사를 하고 재빨리 매점에서 나왔다.

문밖으로 나오자 거짓말처럼 한 여자아이가 내 앞에 나타났다. 어디에서 나타났는지 모르겠지만 짠 하고 나타났다. 귀신을 보고 놀란 것처럼 하마터면 비명을 지를 뻔했다.

"놀랐니? 그렇다면 미안."

키가 나보다 머리 하나쯤은 크고 빗자루처럼 깡마른 몸매에 새카만 얼굴에 단발머리를 찰랑거리는 그 아이는, 내 앞에서 생글생글 웃고 있었다. 매점 아주머니 딸 같았다. 그런데 그 애는 내가 상상했던 것과 달랐다. 매점 아주머니가 중3짜리 딸이 있다고 했을 때 리틀 불도그를 상상했었다. 그런데 저 애는 자기 엄마와 몸매도 얼굴도 전혀 달랐다. 마치 주워 온 아이처럼.

그 아이가 나를 위아래로 훑어보며 물었다.

"너냐?"

다짜고짜 반말이라 기분이 상했지만 생글생글 웃고 있어서 용서해 주기로 했다.

"뭐가?"

"저 윗집에 새로 이사 온 애."

"응."

그 애가 고개를 끄덕이며 말했다.

"이제야 만나게 되다니. 널 얼마나 기다렸는데."

나를 기다렸다고? 왜? 영문을 몰라서 아무 말도 못 하고 있는데 그 애가 말했다.

"사실은 안에서 너 다 봤어."

"어디서?"

"가게 안쪽에 집이 있거든."

"그럼 날 훔쳐본 거야?"

살짝 기분이 나빠지려고 했다. 하지만 그 애는 내 기분은 아랑곳하지 않고 말했다.

"산에 가자."

"산?"

"응. 너한테 보여 줄 게 있어."

그 애는 위쪽으로 계속 걸어갔다.

길게 쭉 뻗은 다리로 성큼성큼 잘도 걸었다. 나는 귀신에 홀린 것처럼 뒤를 따라갔다. 산으로 접어드는 길에서 아스팔트가 끊어지고 돌멩이가 군데군데 튀어나와 있는 흙길이 나타났다. 그 애는 다람쥐처럼 가볍게 산길로 들어섰다.

무작정 따라가면서도 몇 번이나 그 애에게 물었다. 뭔데? 어디 가는 건데? 그 애는 씩 웃으며 말했다. 따라와, 보면 알아. 아마 보면 깜짝 놀랄걸?

산이 완만해서 등산한다는 느낌은 없었다. 산책하는 느낌 정도? 하지만 쉬지 않고 걸으니 땀이 났다.

산으로 들어오자 공기가 확 달라졌다. 상큼한 공기와 향긋한 풀냄새, 무성한 수풀 너머로 계곡물 흐르는 소리가 졸졸 들려왔다.

이제는 힘들다고 느낄 때쯤 그 애가 갑자기 수풀을 헤치고 계곡 쪽으로 방향을 틀었다. 수풀이 내 키만큼 무성해서 도저히 길이 있을 거라고 생각되지 않은 곳이었다. 그 애를 따라 수풀을 헤치고 안으로 들어갔다. 안으로 들어갈수록 물 흐르는 소리가 더 커졌다.

"여기야."

그 애가 걸음을 멈추고 활짝 웃었다.

놀랍게도 그곳에는 넓은 바위가 있었고 내 무릎 깊이 만큼의 계곡물이 고여 있는 미니 수영장 같은 공간도 있었다. 계곡 건너에는 위로 길게 쭉쭉 뻗은 나무들이 둘러싸고 있고 계곡 주위에는 작은 나무들이 빽빽이 자라고 있었다. 혼자 숨어 있기에 더할 나위 없이 좋은 장소였다.

그 애는 가슴께까지 오는 수풀 속으로 들어가더니 안에서 뭔가를 가지고 나왔다. 놀랍게도 그 애가 두 손에 들고 있는 건 작은 새였다. 분홍색 부리를 쩍 벌리고 짹짹거리고 있는 새. 진짜로 살아 있는 아기 새였다.

"우리 아기, 잘 있었어요? 아유, 착해라."

그 애는 아기 새 부리에 뽀뽀를 하고 보송보송한 솜털을 쓰다듬고 부리를 가볍게 두드렸다. 아기 새는 입을 크게 벌리고 시끄럽게 짹짹거렸다.

그 애가 내 앞에 아기 새를 내밀었다.

"너도 한번 만져 봐."

아기 새를 만져 보라고? 지금까지 살아 있는 동물을 한 번도 만져 본 적이 없었다. 강아지도 무서워하는데…….

나는 뒤로 조금 물러섰다. 그 애는 이해할 수 없다는 표정으로 물었다.

"싫어?"

나는 용기를 내서 대답했다.

"아니."

"그럼 왜 안 만져?"

"무서워서."

확실히 내가 이상한 건가? 저런 아기 새가 나한테 무슨 짓을 할 수 있다고 생각하는 내가. 하지만 무서운 건 무서운 거다.

그 애가 고개를 갸웃거리더니 아기 새를 두 손으로 감쌌다.

"난 네가 좋아할 줄 알았는데."

무슨 근거로 내가 좋아할 거라고 믿은 거지?

그 애가 바위에 앉았다. 나는 조금 떨어진 바위에 걸터앉았다. 발밑으로 바닥이 훤히 들여다보이는 맑은 계곡물이 흘러내리고 있었다. 신발을 벗고 계곡 물에 발을 담갔다. 계곡 물은 전기에 감전된 것처럼 찌르르한 느낌이 들 정도로 차가웠다.

그 애가 정성스럽게 아기 새의 깃털을 쓰다듬었다.

"엄마 새는 어딨어?"

"죽었어."

"어떻게?"

"저 위 나무에 얘네 집이 있었는데 어느 날 먹이를 잡아 오던 엄마 새를 매가 채갔어. 난 여기서 그 광경을 똑똑히 봤지. 아기 새들도 다

잡아먹고 겨우 이 아이 하나만 살아남았어. 그래서 내가 데려와서 여기 풀 속에 숨겨 놓고 매일 먹이도 잡아 주면서 키우고 있는 거야."

도시에서 살 때는 볼 수도 상상할 수도 없는 광경이었다. 매가 채가는 엄마 새, 남아 있는 아기 새, 그 새를 데려와 키우는 말라깽이 여자아이. 동화에서나 나오는 감동적인 이야기 같군.

"얘, 아직 이름 없어. 뭐라고 지을까?"

새에게 이름을 지어 주다니 너무 유치한 거 아냐? 그런 건 초딩들이나 하는 짓이지. 나는 말없이 발로 물을 툭툭 찼다. 차가웠던 물이 이제는 시원하게 느껴졌다.

그 애가 계속 말했다.

"난 사실 자기 이름은 자기가 지어야 한다고 생각해. 다른 존재가 지어 준 이름으로 평생 사는 건 억울하잖아. 이 아기 새도 자기 이름을 자기가 짓게 내버려 둘까? 참, 내 이름을 말 안 했네. 난 지영이야. 성은 없어."

지영이라고? 거짓말. 아까 매점 아주머니는 분명히 자기 딸이 강슬이라고 했다. 성이 뭔지 모르겠지만 분명히 들었다. 그런데 지금 이 애는 자기 이름은 지영이라며 성은 없다고 한다.

그렇다고 오늘 처음 본 애한테 꼬치꼬치 캐물을 생각은 없었다. 집에서 부르는 이름과 학교에서 부르는 이름이 다르겠지.

툭.

여물지 않은 상수리 열매 하나가 계곡물에 떨어졌다. 가장자리에 고여 있는 물위를 뱅그르 돌던 상수리 열매가 위에서 내려오던 물에 휩쓸려 아래로 떠내려갔다. 툭, 툭. 여기저기서 뭔가가 떨어지는 소리가 들려왔다. 나뭇가지가 부러져서 떨어지거나 솔잎과 솔방울 따위가 떨어지는 소리였다.

기분이 좋다고 느껴 본 적이 언제였나. 아무리 짜내 보아도 그런 기억이 없다. 내가 살아온 도시는 내 삶과 마찬가지로 늘 어둡고 우울하고 불행했다. 지금도 마찬가지다. 내 앞날도 그럴 것이다. 하지만 지금 이 순간만큼은 밝고 환하다. 그래서 잠시나마 기분이 좋다.

지영이가 아기 새를 풀 속에 놓고 와서 내 옆에 앉아 발을 계곡물에 담갔다.

"왜 안 물어봐?"

"뭘?"

"내 이름. 아까 우리 엄마가 날 강슬이라고 했잖아."

그제야 내가 물었다.

"지영은 집에서 부르는 이름이야?"

"아니. 이강슬은 가짜 이름이고 지영이 진짜 이름이야."

"진짜 이름은 뭐고 가짜 이름은 뭔데?"

"부모님이 지어 준 이름이 가짜 이름이고 내가 지은 이름이 진짜 이름이지."

부모님이 지어 준 이름이 진짜 이름이고, 내가 지은 이름이 가짜 이름이라고 해야 맞지 않나?

"누가 지어 준 이름으로 평생 사는 건 억울하잖아. 내 몸이고 내 인생인데 내 이름 정도는 내가 지어야 당연한 거 아냐?"

평범하지는 않네. 어딘지 독특해. 그런데 태어났을 때 받은 이름은 어떻게 되는 거지? 그 이름을 버린다고 버려지지는 않을 텐데.

그 애가 계속 말했다.

"내 이름은 원래 '지혜로운 나무의 영혼'이야. 인디언식 이름이지. 줄여서 지영. 아까도 말했지만 성 따위는 없어. 이제부터 나를 지영이라고 불러줘."

오호, 인디언식 이름이라면 나도 있다.

## 푸른 불꽃의 유령.

이것이 내 인디언식 이름이다. 언젠가 인터넷에서 인디언식 이름을 짓는 게 유행이었을 때 내 이름을 '푸른 불꽃의 유령'으로 지었다. 그뿐이었다. 그런 건 일종의 놀이였으니까 현실로 끌고 와서 내 이름과 바꿔치기할 생각은 없었다.

지영이가 물었다.

"넌 진짜 이름 없어?"

내 이름은 진광민. 내 자신 만큼이나 쓸모없는 이름이다. 나에게 속한 것은 다 버리고 싶지만 그중에서도 버리고 싶은 1순위는 바로 내 촌스러운 이름이다.

물살이 발가락을 간지럽혔다. 간지러움이 종아리를 타고 올라온다. 이제는 아랫배 쪽이 찌릿찌릿해졌다.

"사실은 나도 있는데……."

"아, 그럴 줄 알았어. 뭔데?"

한참을 망설이다 겨우 말했다.

"푸른 불꽃의 유령."

"와우."

지영이가 감탄사를 뱉었다. 나는 놀라서 고개를 돌려 지영이를 쳐다보았다. 지영이의 눈은 금방이라도 푸른 불꽃이 타오를 것처럼 이글거렸다.

"널 처음 보는 순간 느낌이 왔어."

지영이는 두 손을 내 앞으로 내밀었다. 손을 잡으라는 의미 같았다. 망설이다 그 손을 잡았다. 지영이가 내 두 손을 꼭 쥐었다.

"그럼, 너도 진짜 이름을 지어 봐."

광민이라는 이름을 버릴 수만 있다면 나는 영혼이라도 팔겠다. 영혼 따위 나에게 필요 없어진 지 이미 오래.

푸른 불꽃의 유령에서 두 글자를 따서 짓는다면 푸른의 '른'과 유령의 '유'를 딴 이름 은유. 그 이름이 마음에 든다.

나는 망설이다가 겨우 말했다.

"은유."

지영이는 손뼉을 치며 좋아했다.

"아, 너무 좋다. 이제 네 진짜 이름은 은유야, 은유. 은유, 은유……."

지영이는 내 이름을 계속해서 여섯 번이나 불렀다. 마치 마녀가 주술을 읊듯 낮고 음산한 목소리로.

지영이에게 그 이름을 들으니 은유가 진짜 내 이름이 된 기분이 들었다. 그렇다면 이제 나에게도 성은 필요 없고 진짜 이름만 생긴 건가? 내 가짜 이름은 진광민, 진짜 이름은 은유.

이 산속, 흐르는 계곡물, 떨어져 바닥에 사선으로 꽂히는 솔잎들, 상수리잎 사이를 뚫고 내려온 나른한 햇살. 코끝을 스치고 지나가는 시원한 바람, 너와 나, 지영과 은유, 지혜로운 나무의 영혼과 푸른 불꽃의 유령.

기분이 이상해졌다.

지영이가 물었다.

"진짜 이름을 가진 기념으로 물에 들어갈래?"

지영이가 먼저 옷을 입은 채 물속으로 풍덩 들어갔다. 물은 종아리 정도 올 만큼 얕았지만 몇 사람이 들어갈 수 있을 만큼 폭이 넓었다. 지영이는 물속에 누워서 나에게 들어오라고 손짓했다. 물에 젖은 티셔츠에 공기가 잔뜩 들어가서 지영이의 몸이 풍선처럼 부풀어 올랐다.

나도 천천히 물속으로 들어갔다. 온몸에 전율이 일어날 만큼 물이 차가웠다. 하지만 조금씩 미지근해지더니 어깨까지 푹 담갔을 때는 이불 속에 들어온 것처럼 따뜻하게 느껴지기까지 했다.

물에 누워 하늘을 올려다보았다. 삐죽삐죽 솟은 나무 사이로 푸른 하늘이 보였다.

지영이가 갑자기 일어났다. 물에 젖은 티셔츠 속으로 하얀색 브래지어가 선명하게 드러났다.

지영이가 의미심장한 미소를 지으며 말했다.

"우리 옷 다 벗을까?"

뭐? 놀라서 주위를 둘러보았다. 내 키 높이의 수풀에 가려져 있어 이곳은 마치 깊은 동굴 속처럼 아늑하다. 하지만 사방이 뚫려 있다. 언제 어디에서 사람이 나타날지 모른다.

"여기서?"

"뭐 어때? 여긴 아무도 몰라."

나는 산 쪽을 눈으로 가리키며 말했다.

"산에서 사람이 내려다볼 수도 있잖아."

"저 산에는 백만 년이 지나도 사람 안 와."

"그래도……."

"날 믿어. 괜찮아."

나는 부끄러움이 많아서 초등학교 3학년 이후로 엄마와 목욕탕에 가 본 적도 없다.

내가 망설이고 있는데 지영이가 옷을 벗기 시작했다. 물에 젖은 티셔츠를 훌러덩 벗고, 짧은 청바지를 벗고, 브래지어를 벗고, 마침내 팬티마저 벗었다.

작은 밤알처럼 봉곳 솟아오른 가슴과 분홍색 젖꼭지, 통나무처럼 길게 일직선으로 뻗은 몸, 볼록한 아랫배, 검게 솟아오르기 시작한 음부, 통나무처럼 길게 뻗은 허벅지와 종아리. 열여섯 살 여자아이의 물에 젖은 알몸이 여름 햇살을 받아 눈부시게 빛나고 있었다.

"너도 벗어."

지영이가 활짝 웃으며 말했다. 잠시 물에 젖은 내 몸을 내려다봤다. 알 수 없는 기운에 이끌려 나도 모르게 옷을 벗고 말았다.

지영이는 내 몸을 위에서부터 아래까지 천천히 훑어봤다. 내 가슴은 지영이보다 두 배쯤 더 컸고, 몸매도 지영이보다 조금 더 통통했다. 가슴도 제법 나오고 허리가 조금 잘룩했다. 허벅지도 지영이보다 두꺼웠다. 그렇다고 내세울 만한 몸매는 아니었다. 어디서나 볼 수 있는 중3짜리 평범한 몸매. 통나무처럼 마른 지영이 같은 몸매가 부럽다.

나는 두 손으로 가슴과 배 아래를 가렸다. 지영이가 씨익 웃더니 말했다.

"우린 이제 자유로운 영혼들이야."

지영이가 물에 누웠다. 나도 지영이를 따라 물에 누웠다.

물은 옆구리까지 차올랐다. 지영이는 양팔을 물속에 축 늘어뜨린 채 침대에 누운 것처럼 편안한 자세로 눈을 감았다.

"눈을 감고 물에 네 몸을 맡겨 봐. 몸이 공기처럼 가벼워지는 걸 느낄 거야."

나도 눈을 감았다. 그러자 정말로 몸이 공기처럼 가벼워지면서 공중에 붕 뜬 것 같은 느낌이 들었다. 신기하게도 내 몸과 물이 하나가 된 것 같았다. 내 머리카락은 물의 일부, 양팔과 다리는 물속에 잠겨 있는 바위의 일부, 내 숨소리도 물에 녹아 물과 하나가 된 것 같은 느낌. 몸이 물속으로 스며들고 물이 내 몸속으로 스며드는 듯한 자연과 하나가 된 느낌. 이게 자유라는 건가? 나쁘지 않네. 편안하고 좋아. 이렇게 잠이 들 수도 있겠어. 영영 깨어나지 못하면 나는 자연의 일부가 되겠지. 내 몸은 물이 되고 공기가 되고 바람이 되고 흙이 되고 풀이 될 거야. 역시 그것도 나쁘지 않네.

한참이나 우리는 발가벗은 채로 물속에 누워 있었다.

지영이가 나지막한 목소리로 속삭였다.

"내 아지트에 온 걸 환영해. 여기에 온 사람은 네가 처음이야."

## 나는 매일 아지트에 갔다.

지영이와는 급속도로 친해졌다. 지영이는 나를 은유라고 불렀고 나는 강슬이를 지영이라고 불렀다. 우리는 바위에 누워 멍 때리거나 수다를 떨거나 낮잠을 잤다. 이어폰을 나눠 끼고 음악을 듣기도 했다. 하지만 지영이는 내가 듣는 헤비 메탈을 그다지 좋아하지 않았다. 시끄럽고 정신 사납다고 했다. 너처럼 얌전하게 생긴 애가 왜 그런 시끄러운 음악을 듣는지 모르겠어. 지영이는 이어폰을 빼며 고개를 저었다.

지영이는 이곳에서 태어나 한 번도 이곳을 떠나 살아 본 적이 없다고 했다. 지영이 부모님은 오래전부터 이곳에 터를 잡고 장사를 했다. 지영이 엄마는 주로 낚시꾼들에게 낚시 도구나 미끼를 팔았고 지영이 아빠는 저수지에 치어를 풀어놓는 등 저수지를 관리하는 일을 했다. 지영이 부모님은 상냥한 성격은 아니지만 늘 성실하게 일하는 분들이었다.

지영이에게는 나이 차이가 많이 나는 오빠가 있었다. 대학을 졸업하고 지금은 도시로 나가 회사에 다니며 혼자 살고 있다고 했다.

"언젠가 나도 어른이 되면 이곳을 떠날 거야."

떠난다는 말이 슬프게 들려왔다. 떠나는 삶이 어떤 건지 나는 너무 잘 알고 있다. 나는 늘 어딘가로 떠났고 여기도 영원한 안식처는 아니다. 언젠가는 또 떠나겠지.

지영이가 나를 빤히 쳐다보며 물었다.

"넌 어때?"

"뭐가?"

"네 얘기도 해 줘."

내가 지나온 시간은 양철 깡통에 넣어 땅속에 묻어 버렸기 때문에 나에게는 과거 따위를 기억해 낼 만한 것이 없다. 나에게는 아무것도 남아 있지 않다.

"그냥 어쩌다 보니 여기까지 왔어. 그게 다야."

지영이가 실망한 듯 쓴웃음을 지으며 말했다.

"신비주의자 코스프레인가?"

나는 당황해서 두 팔을 저으며 말했다.

"아니, 그게 아니라 정말 없어. 진짜 별 볼 일 없는 인생이야."

지영이가 진지한 얼굴로 말했다.

"내가 보기에는 넌 특별해."

"뭐가?"

"그게 뭔지 모르겠지만 뭔가 특별한 것이 있어. 난 그걸 느낄 수 있거든."

내가 특별하다고 생각해 본 적은 단 한 번도 없었다. 나는 예쁘지도 않고 특별한 매력도 없다. 가정 환경은 더 이상 나빠질 수 없을 만큼 최악이다. 특별한 거라면 태어날 때부터 내 몸에 달라붙어 있던 이 병적인 우울과 어두운 표정 아닐까? 전학 가는 학교 선생님들마다 나한테 표정이 어둡다고 했다.

나는 바위에 누웠다. 딱딱하고 차가운 바위의 질감이 등에 느껴졌다. 그래도 바위가 편하고 좋았다.

지영이도 내 옆에 누웠다.

"말하기 싫으면 안 해도 돼."

말은 그렇게 했지만 섭섭함이 묻어나는 목소리였다.

우리는 한동안 말없이 바위에 누워 있었다. 그러다 깜박 잠이 들었다. 서늘한 바람이 불어와 솔솔 잠이 왔다. 일 분쯤? 아니 십 분쯤? 도무지 측정할 수 없는 시간이 지나고 이상한 기분이 들어 눈을 떴다.

고개를 돌려보니 지영이가 한쪽 팔로 머리를 받친 채 옆으로 누워 나를 물끄러미 바라보고 있었다. 지영이의 눈빛이 내 몸을 통째로 빨아들일 것처럼 강렬해서 깜짝 놀랐다.

일어나려고 하는데 지영이가 내 어깨를 누르며 말했다.

"그냥 이러고 조금만 있자."

하는 수 없이 지영이와 마주 보고 누운 채 서로의 얼굴을 들여다보게 되었다.

지영이가 물었다.

"너 남자 친구 있어?"

지금까지 살면서 남자 친구는커녕 여자 친구도 제대로 사귀어 본 적이 없었다. 전에 다니던 학교에서는 누구와도 친하게 지내지 않았다. 물론 나한테 말을 걸어오는 아이도 없었고, 나도 누구한테 말을 걸지도 않았다. 나에게 친구란 이를테면 방 같은 것이었다. 지하 방에서 여관방으로, 여관방에서 옥탑방으로. 어디에도 마음을 둘 수 없는 그런 떠돌이 같은.

나는 자신 없는 목소리로 대답했다.

"아니."

"좋아하는 남자애는 있어?"

"아니, 없어."

지영이의 눈이 순간 반짝 빛났다.

"그럼 우리 사귈까?"

이건 남자가 여자한테 하는 작업 멘트 같은데? 손발이 오글거렸다.

"지금 사귀고 있잖아."

"알아. 하지만 좀 더 특별하게."

"특별하게?"

지영이가 일어났다. 옷 위에 떨어졌던 솔잎들이 우수수 떨어져 나갔다. 나도 바위에서 일어났다. 지영이가 씨익 웃으며 말했다.

"응. 특별하게."

나는 지영이의 말뜻을 이해하지 못했지만 '특별하게'라는 말은 왠지 기분 좋게 들렸다. 특별하다는 것은 뭔가 비밀스러운 느낌이 나고, 나는 그런 비밀스러움이 좋다.

## 벌써 세 번째 전학.

중학교를 세 군데나 다녔다. 이번이 네 번째 학교이지만 새 교복을 맞추는 것은 기대도 하지 않았다. 새로 살 돈도 없었고 언제 또 전학을 가게 될지 모르는데 새 교복을 살 필요가 없었다. 전학 간 학교마다 아이들은 다들 똑같은 교복을 입고 있는데 나 혼자만 다른 학교 교복을 입고 있었다. 교복 때문에 나는 내 의지와 상관없이 튀었다. 교복은 나를 보통의 아이들과 구분 짓게 만드는, 그 아이들 속에 섞이지 못하게 만드는 벽이었다. 그 벽은 너무 높고 단단해서 도저히 뚫고 들어갈 수가 없었다.

이번 학교에서도 마찬가지겠지. 학교에 가는 첫날부터 스타가 될 거야. 좋은 의미의 스타가 아니라 나쁜 의미의 스타. 어딜 가든 주목 받고 뒤에서 수근거리는 것을 느꼈다. 아이들은 낯선 나에게 말을 걸어오지도 가까이 오려고 하지도 않을 거다. 내가 가는 학교마다 다른 학교 교복을 입은 나에게 다가올 정도로 자비를 베푸는 아이는 없었다.

이제 반 학기만 더 다니면 이 지긋지긋한 중학교는 끝이다. 고등학교는 어디로 갈지 모르지만 이제 전학은 그만 좀 다녔으면 좋겠다.

새벽부터 잠을 설쳤다. 전에 다니던 학교 교복을 꺼내 입었다. 그 학교에 다닐 때는 좋았던 기억이 전혀 없다. 뭐 특별히 나쁜 기억도 없다.

밖은 아직 새벽 미명이 가시지 않아 온통 붉은빛이었다. 저수지에서 올라온 물안개가 산 중턱으로 느리게 올라가고 있었다. 창밖을 내다보며 크게 심호흡을 했다. 오늘부터 새 학교에서의 생활이 시작된다. 한 학기만 견디면 된다. 한 학기만!

필통 하나만 들어 있는 가방을 어깨에 메고 방에서 나왔다. 아래층은 조용했다. 아직 엄마가 일어나기 전이다. 엄마 몰래 이 집에서 나가 혼자 버스를 타고 학교에 갈 생각이었다.

발뒤꿈치를 들고 소리 나지 않게 계단을 내려갔는데 거실 소파에 앉아 있던 영감에게 들키고 말았다. 영감 앞에는 찻잔이 놓여 있었다. 이렇게 일찍 일어나는구나. 늙으면 잠이 없다더니 대체 언제 일어난 거야?

영감이 물었다.

"벌써 가려고?"

"네."

영감이 전 학교 교복을 입은 나를 위아래로 훑어보며 미간을 찡그렸다. 그런 눈으로 보면 어쩔 건데요? 뭐 어쩌라고요? 고개를 까딱해 보이고는 현관 쪽으로 걸어가는데 영감이 위층에 대고 엄마를 불렀다.

"이보시게."

이보시게? 그게 영감이 엄마를 부르는 호칭이었다. 우리 엄마 이름은 박지혜다. 아빠는 엄마를 부를 때 화가 나면 야, 박지혜. 하고 불렀고, 뭔가를 부탁할 때는 광민이 엄마라고 불렀다.

잠시 후 엄마가 이층에서 내려왔다. 엄마는 부스스한 머리카락을 손가락으로 쓸어넘기며 당황한 기색으로 종종 걸어왔다.

"부르셨어요, 선생님?"

엄마는 나 같은 건 보이지도 않는지 영감 앞에 고개를 숙였다. 저 처절한 하녀 본능. 어이가 없었다.

"지금 저 애가 학교에 간다는데?"

영감이 눈으로 나를 가리켰다. 그제야 엄마가 나를 보더니 화들짝 놀란 얼굴로 말했다.

"어머, 너 벌써 학교에 가려고? 지금 몇신데? 잠깐 기다려. 밥 먹고 나랑 같이 가자."

"싫어. 나 혼자 갈 거야."

영감 얼굴이 싸늘해졌다. 엄마는 그런 내 반응에는 이미 이골이 났는지 내 말을 무시하고 말했다.

"전학 가는데 보호자는 따라가야지."

"혼자 갈 거라니까."

"너 오늘 왜 이래?"

"엄마가 언제부터 날 챙겨 줬다고 이러는데?"

"애가 정말 선생님 앞에서 못 하는 말이 없어."

엄마가 영감 눈치를 힐끔 봤다. 영감은 소파로 가서 앉더니 찻잔을 집어 들었다. 찻잔을 든 영감의 손목이 부러질 것처럼 얇았다.

엄마가 내 귀에 대고 속삭였다.

"그래? 그럼 너 혼자 가. 대신 잠깐 내 방에 좀 가자."

"왜?"

엄마가 내 손목을 잡아끌고 이층으로 올라갔다. 나는 마지못해 엄마에게 끌려갔다.

엄마는 방에 들어가자마자 옷장 문을 열고 교복을 꺼냈다. 새 교복이었다.

"자, 이거 입고 가."

세 번이나 전학을 다니는 동안 엄마는 한 번도 내 교복을 새로 맞춰 준 적이 없었다. 첫 번째 전학을 갈 때는 새 교복을 맞춰 주지 않으면 학교에 가지 않겠다고 버텼는데도 소용없었다. 그런데 이제 한 학기만 남은 이 학교 교복을 내 앞에 내밀고 있다. 좋아해야 하는데 기분이 이상했다.

"왜 이래?"

"그동안 너한테 참 미안한 게 많아. 한 학기밖에 안 남았지만 이거 입고 다녀."

엄마를 믿을 수가 없었다. 내 예감이 맞다면 이건 엄마 생각이 아니다.

"솔직히 말해 봐. 이거 어디서 났어?"

엄마가 쑥스러운 얼굴로 내 상의를 벗기려고 했다.

"그런 거 묻지 말고 어서 교복이나 갈아입어."

나는 엄마 손을 탁 쳤다. 엄마가 얼굴을 찡그렸다.

"왜 이러니?"

"영감이 사 줬어?"

내 직감이 빗나가기를 바라면서 물었다. 엄마, 제발 아니라고 말해 줘. 제발.

"어떻게 알았어? 선생님이 너 새 교복 사라고 돈 주셨어. 오늘 아침에 놀라게 해 주려고 감춰 둔 거야."

엄마는 내가 감동해서 눈물이라도 흘릴 줄 알았는지 모르겠지만 그건 착각이다. 영감이 사준 교복을 입느니 학교에서 미운 오리 새끼가 되는 편이 낫다.

나는 엄마가 건네주는 교복을 방바닥에 던지고 방에서 나왔다. 엄마가 놀란 얼굴로 교복을 들고 나를 따라 나왔다.

쿵쿵 소리를 내며 계단을 내려갔다. 영감은 여전히 소파에 앉아 우아하게 차를 마시고 있었다. 나는 영감을 한번 노려보고 현관문을 열고 밖으로 나왔다. 엄마가 따라 나왔다.

"광민아."

나를 부르는 엄마 목소리가 떨렸다. 이런 일 한두 번이 아니다. 엄마 때문에 늘 화가 났다. 그런데 이젠 다른 이유로 화가 난다. 나도 최소한의 자존심이 있다. 값싼 동정심을 받고 싶지는 않다. 그런 값싼 동정심에 좋아하고 헤헤거리는 건 엄마 하나로 족하다. 나까지 세트로 비굴해질 필요는 없다. 이깟 교복이 뭐라고 내 자존심을 팔 수는 없다.

버스 정류장까지 뛰어서 내려갔다. 그리고 도착한 버스를 타고 미리 알아둔 정류장에서 내려 학교까지 걸어갔다. 교무실에 갈 때까지 주위의 따가운 시선을 받았지만 이미 그런 것에는 익숙해졌기 때문에 아무렇지도 않았다. 정말 아무렇지 않았다.

담임이 나를 소개했다.

"이름은 진광민. 오늘부터 너희와 함께 공부하게 될 친구다. 모두 환영의 박수."

박수 소리와 함께 웃음소리도 들렸다. 내 이름을 듣고 웃는 거겠지. 다른 학교에서도 그랬다. 자기들과는 다른 교복을 보고 한 번 웃고, 남자 이름 같은 내 이름을 듣고 두 번 웃었다. 그렇게 가는 학교마다 나는 웃음거리가 됐다. 이제 그런 웃음소리쯤은 살포시 무시할 정도의 내공이 쌓였다.

"이강슬 옆자리가 비었네. 저기 앉으면 되겠다."

고개를 숙이고 있다가 담임 말에 고개를 들고 교실 안을 둘러보았다. 딱 한 자리가 비어 있었다. 비어 있는 옆자리에 지영이가 앉아 있었다. 지영이를 보는 순간 하마터면 반 아이들이 모두 보는 앞에서 아는 체를 할 뻔했다. 처음 온 학교에서 아는 얼굴을 발견하다니 역사상 처음 있는 일이다.

지영이가 나를 향해 손을 살짝 흔들었다.

나는 지영이 옆자리로 가서 앉았다. 교실 안의 눈들이 일제히 나를 따라오는 게 느껴졌다. 자리에 앉자마자 지영이가 내 귀에 대고 속삭였다.

"네가 내 짝이 될 줄 알았다니까."

"진작 말해 주지 그랬어."

"뭘?"

"이 학교 다닌다는 거."

"몰랐어? 이 지역에서 중학교는 여기 하나뿐이야. 중3은 한 반 뿐이고 내 옆자리는 비었고. 그러니까 당근 네가 내 짝이 될 줄 알았지."

아, 그랬구나. 이것은 또 무슨 운명의 장난인지. 아무튼 지영이가 짝이 돼서 다행이라고 생각했다.

지영이가 짓궂은 얼굴로 말했다.

"진광민. 그게 네 가짜 이름이었구나."

이름 앞에 한없이 나약해지는 나.

지영이가 내 얼굴을 빤히 들여다보더니 피식 웃으며 말했다.

"걱정 마. 난 네 진짜 이름만 기억할 거니까. 은유."

지영이 덕분에 이번 학교는 좋아질 것 같은 예감이 든다. 그리고 그 예감은 적중했다. 전학 간 학교에서 첫날을 이렇게 마음 편하게 지낸 적은 처음이었다. 지영이는 교과 선생님들이 들어올 때마다 자세히 특징을 알려 줬다. 영어 선생님은 언니처럼 다정하고 친절하며, 과학 선생님은 지루하고, 수학 선생님은 무조건 칠판에 문제를 가득 적는 스타일, 담임은 히스테리가 심하고 차가운 스타일이라는 것. 그리고 반에서 튀는 아이들의 특징, 급식은 최악이라서 기대를 하지 않는 게 좋을 거라는 정보까지 알려 주었다.

점심시간 때 반장이 내 자리로 왔다. 지영이가 자리를 비우고 나는 이어폰을 귀에 꽂고 음악을 듣고 있을 때였다. 누가 내 어깨를 툭 쳐서 깜짝 놀라 뒤를 돌아보았다. 거기에 키가 멀대 같이 크고 범생이처럼 생긴 남자아이가 무표정한 얼굴로 나를 내려다보고 있었다. 아침 조회가 끝나고 담임에게 인사를 할 때 반장이 일어나 차렷, 경례를 시켰는데 바로 그 애였다.

"나 윤건영이다. 선생님이 너 학교 구경시켜 주래. 따라와."

그러더니 긴 다리로 성큼성큼 앞문 쪽으로 걸어갔다. 얼떨결에 일어나 윤건영을 따라갔다.

달랑 건물 하나, 각 학년에 한 반씩만 있는 단출한 학교였다. 윤건영은 2층 각 학년 교실부터 컴퓨터실, 도서관, 방과 후 교실, 미술실, 과학실, 강당까지 나를 데리고 다녔다. 굉장히 과묵한 성격인지 말도 없었고 표정도 딱딱했다. 뒤도 안 보고 옆도 안 보고 딱 앞만 보며 자기 할 일만 할 것 같은 범생이 스타일이었다. 저렇게 생긴 남자아이들은 대부분 그랬다. 공부는 잘하지만 사방이 꽉 막혀 융통성이라고는 찾아볼 수 없는 유형의 인간. 어느 교실에서나 한 명쯤 저런 애가 있다.

학교를 다 둘러보는 데 십 분도 안 걸렸다. 다시 교실로 가기 위해 윤건영 뒤를 따라 계단을 올라가고 있는데 갑자기 윤건영이 걸음을 멈췄다. 깜짝 놀라서 하마터면 발을 헛디딜 뻔했다. 윤건영이 뒤를 돌아보더니 나를 위아래로 훑어봤다. 왜 이러지, 내가 무슨 실수라도 했나?

"그거 어디 학교 교복이냐?"

정말 궁금해서 묻는 건지 아니면 전학생에 대한 예의로 묻는 건지 애매모호했지만 나는 성실히 대답했다.

"광성중학교."

역시 예의로 물어본 게 맞았다. 윤건영은 더는 아무것도 묻지 않고 계단을 계속 올라갔다. 궁금해서 물었던 거라면 최소한 그 학교가 어디에 있는 학교인지는 물어봤을 텐데.

윤건영과 함께 교실로 들어가 자리에 앉기도 전에 지영이가 윤건영과 나를 번갈아 보며 물었다.

"어디 갔다 오는 거야?"

윤건영은 자기 자리에 앉아 책을 들고 읽기 시작했다. 역시 내 짐작이 맞았다. 쉬는 시간만 되면 책을 읽거나 공부를 하는 범생이.

"반장이 나 학교 구경시켜 줬어."

"반장이?"

지영이의 눈빛이 싸늘했다.

"윤건영이 왜?"

"담임 선생님이 시켰대."

"정말이야?"

"뭐가?"

"담임이 시켰다는 거."

"나야 모르지."

"혹시 윤건영이 너 찍은 거 아냐?"

"찍다니? 그게 무슨 말이야?"

지영이는 잠시 뭔가 생각하더니 내 어깨에 팔을 척 걸치며 말했다.

"아냐, 아무것도. 참, 집에 갈 때 같이 가자. 오케이?"

## 나도 눈치라는 게 있다.

영감을 대할 때의 엄마는 지금까지 내가 알던 엄마와 너무 다르다.

이곳에 온 첫날부터 엄마는 이상했다. 영감 앞에서 필요 이상 넘치게 행동하고 황송해서 어쩔 줄 몰라했다. 물론 나를 데리고 들어온 게 미안해서 그럴 수도 있겠지. 하지만 그 이유만으로는 엄마의 저자세가 충분히 설명되지 않는다.

이제는 엄마와 영감의 관계가 의심스럽다.

영감이 왜 이렇게 큰 집에서 혼자 사는지는 모르겠다. 내가 아는 거라고는 영감은 돈이 많다는 것과 가족이 없다는 것뿐이다. 젊었을 때 무슨 일을 했는지, 왜 가족이 없는지, 그건 영감 사생활이니까 알고 싶지 않다. 단 한 가지 분명한 건 엄마가 영감을 그저 단순히 고용인으로 생각하지 않는다는 거다.

영감을 바라보는 엄마의 눈빛은 나를 볼 때나 예전에 아빠를 볼 때와는 전혀 달랐다. 아빠를 볼 때는 증오에 가득 차 있었고, 나를 볼 때는 늘 자포자기에 가까운 눈빛이었다. 그런데 영감 앞에만 가면 180도 확 달라졌다. 뭐라고 표현할 수는 없었지만 분명히 그랬다. 영감을 볼 때는 연민에 가득 차 있으면서도 한없이 존경스러워하는, 수줍어하고 설레는 감정이 가득 찬 그런 눈빛이었다.

엄마가 나를 버릴지도 모른다는 생각을 하게 된 건 며칠 전이었다. 학교에서 돌아왔는데 엄마와 영감이 집에 없었다. 온 집안을 다 뒤지고 다녔는데도 엄마가 보이지 않았다. 집 밖에도 없었고 낚시터에도 없었고 차고에 세워 둔 영감 차도 없었다.

나를 이곳에 버리고 영감과 도망간 건가?

가슴이 철렁 내려앉았다. 지금까지 엄마와 살면서 한 번도 엄마가 나를 버리고 도망갈 거라고 상상해 본 적이 없었다. 엄마와 나는 한 세트가 되어 모진 시절을 함께 겪었다. 우리 두 사람만이 알 수 있는 힘든 시간이 있다. 그래서 엄마와 나 사이에는 마치 사지에서 살아남은 동지들처럼 끈끈한 전우애 같은 것이 있다고 나는 믿고 있었다. 엄마가 밉고 싫을 때도 있었지만 엄마가 없는 내 삶은 상상할 수도 없었다.

그런데 내 몸의 일부 같은 엄마가 없어진 거다. 내가 이 집에 온 후 영감은 낚시터 외에 한 번도 외출을 한 적이 없었다. 가장 멀리 간 게 산에 있는 약수터였다. 저수지와 집, 집안과 마당, 마당과 텃밭 사이를 느리게 오가며 낚시를 하거나 꽃밭이나 텃밭을 가꿨다. 영감이 없어진 건 아무렇지도 않았지만 엄마가 없어진 건 충격이었다. 집안과 마당을 샅샅이 뒤져도 없었고 저수지까지 내려가 봤는데도 없었다. 전화를 걸고 싶어도 엄마와 나 둘 다 휴대 전화가 없었다. 영감은 휴대 전화가 있지만 번호를 모른다. 이럴 줄 알았으면 영감 전화번호를 알아 두는 건데. 그때는 내가 영감에게 전화를 걸 일이 전혀 없을 줄 알았다.

별별 생각이 다 들었다. 난 이제 어떻게 살지? 사고라도 났으면 어쩌지? 정말 두 사람 도망간 거 아냐? 아냐, 그럴 리가 없어. 여긴 영감 집인데 집을 두고 왜 도망을 가겠어?

엄마와 살면서 좋았던 기억보다 슬프고 불행했던 기억이 더 많았다. 엄마는 엄마의 불행한 운명을 나에게도 나눠 주었다. 엄마가 살았던 진흙탕 같은 삶 속에 나를 끌어들인 뒤, 내가 빠져나가지 못하게 내 발목을 붙잡았다. 엄마처럼 살지 않으려면 진흙탕에서 내 힘으로 빠져나오는 수밖에 없었다. 엄마에게서 떠나도 될 만큼 컸으니까, 혼자서 날아오를 만큼 강해졌으니까, 이제는 벗어날 수 있다고 생각했다. 그런데 엄마가 없으니 무섭고 두려웠다. 혼자 날아갈 수 없을 것 같았다. 엄마는 나를 너무 오래 길들였다.

엄마를 찾으러 버스 정류장까지 가기 위해 비탈길을 내려갔다. 중간쯤 내려갔을 때 아래에서 영감 차가 올라오고 있었다. 분명히 차고에 오랫동안 처박혀 있던 영감 차였다. 그 차를 보는 순간 나도 모르게 나무 뒤에 숨고 말았다.

차는 비탈길을 힘겹게 올라왔다. 차가 가까이 올수록 가슴이 두근거렸다. 내가 왜 숨지? 그토록 엄마를 기다렸으면서 왜?

차가 내가 숨어 있는 나무 근처까지 왔다. 차창은 열려 있었고, 차

안이 훤히 들여다보였다.

놀랍게도 엄마가 운전을 하고 조수석에 영감이 앉아 있었다. 엄마가 운전을 할 줄 알았나? 여태 왜 몰랐지? 우리 집에는 차가 없었고 한 번도 엄마가 운전하는 것을 보지 못했으니 당연하다. 그런데 지금은 영감을 옆에 태우고 엄마가 영감 차를 운전하며 비탈을 올라가고 있다. 잠깐 스쳐갈 때 본 엄마는 다른 사람 같았다. 지금까지 나하고 함께 16년이나 살았던 내 엄마가 아니라 전혀 모르는 여자 같았다. 행복한 웃음을 지으며 남편과 쇼핑을 하거나 영화를 보고 오는 듯한, 두 사람은 정말 나이 차이 많이 나는 부부 같았다.

엄마가 돌아왔다는 기쁨보다 배신감이 더 컸다. 방금 전까지 엄마를 찾아 헤매고 다녔던 게 억울했다.

차가 집 방향으로 올라가는 것을 보고 나무 뒤에서 나와 비탈길을 올라갔다. 차는 언덕길을 올라가 차고로 들어갔다. 나는 집으로 들어가지 않고 곧장 산으로 올라가 아지트에 가서 한참을 앉아 있었다. 마음을 진정시키고 집에 갔을 때 엄마는 식탁 가득 쇼핑한 물건들을 늘어놓고 요리를 하고 있었다. 내가 들어오는 것도 몰랐다. 내가 엄마를 그토록 찾아 헤매고 다녔다는 것도 모르고 뭐가 그리 즐거운지 콧노래까지 부르고 있었다.

엄마 몰래 내 방으로 올라가 음악을 들었다. 나에게 유일한 위로가 되는 건 헤비 메탈뿐이었다.

# 친구가 생기면 해 보고 싶은 것.

함께 화장실 가기, 쉬는 시간에 수다 떨기, 분식집 가서 떡볶이 먹기, 똑같은 열쇠 고리 나눠 가지기, 생일 선물 주고받기, 집에 갈 때 같이 가기.

어떤 아이에게는 일상인 것들이 나에게는 죽기 전에 해 보고 싶은 버킷 리스트만큼이나 간절한 바람이었다. 그런데 친구가 생기고 나니 해 보지 못했던 것들이 자꾸만 떠올랐다.

나의 버킷 리스트에 있는 것들을 지영이와 하나씩 해 나갔다. 우리는 아침부터 저녁까지 붙어 다녔다. 아침에 버스 정류장에서 만나 함께 학교에 갔다. 지영이는 나에게 친절하고 다정했다. 이것이 지영이가 아지트에서 말했던 특별하게 사귀는 건지 모르겠지만 어쨌든 나에게도 절친이 생긴 것이다!

교실에서 지영이는 '이강슬'로 통했고 나는 '진광민'으로 통했다. 하지만 우리 둘이 있을 때는 서로의 진짜 이름인 '지영'과 '은유'로 불렀다.

아무도 지영이와 내 진짜 이름을 몰랐다. 우리 사이의 특별함이란 바로 이런 것. 둘만 아는 이름과 방과 후 들르는 아지트. 우리는 이렇게 비밀로 서로 연결돼 있다.

시간이 지나면서 우리를 시기하는 아이가 있다는 것을 알게 되었다. 이주예라는 아이였다. 이주예는 한눈에 봐도 감탄사가 절로 나올 만큼 예쁘고 170센티미터 정도 돼 보이는 늘씬한 몸매에 우윳빛처럼 뽀얀 피부를 가진 킹카였다. 외모에 자신 있는지 허리를 꼿꼿하게 펴고 턱을 쳐들고 다녔다. 몸 전체에서 쉽게 접근하지 못할 도도함이 흘렀다. 그런 이주예가 나에게 태클을 걸기 시작했다.

오늘은 화장실에서 볼일을 보고 나오는데 이주예가 손을 씻고 있다가 거울에 비친 나를 보더니 홱 고개를 돌려 나를 불렀다.

"야, 진광민!"

깜짝 놀랐다. 내 이름 진광민. 나는 내 이름을 부르는 사람이 싫다. 어쩐지 이주예도 그중 한 명이 될 것 같은 예감이 들었다.

"왜?"

이주예가 표독스러운 얼굴로 말했다.

"너 조심하는 게 좋을 거야."

무슨 말인지 몰라서 아무 대답도 못 하고 있는데 이주예가 계속 말했다.

"이강슬 건드리지 마."

"그게 무슨 말이야?"

"분명히 경고했다, 걘 위험한 애야."

그러고는 화장실에서 나가 버렸다.

방금 이주예가 뭐라고 한 거지? 이강슬을 건드리지 말라고? 위험한 애라고? 이강슬, 아니 지영이가 무슨 물건인가? 이주예는 무슨 의도로 저런 말을 나한테 한 거지?

그동안 지켜본 결과 지영이는 반 여자아이들과 다 친해 보였다. 수다도 떨고 장난도 쳤다. 하지만 이주예하고는 말을 하거나 같이 다니는 것을 보지 못했다. 지영이만 그러는 게 아니었다. 반 아이들 전체가 이주예를 그림자 취급했다. 나처럼 별 볼일 없는 애라면 모를까 이주예 같은 킹카가 친구가 없다는 게 이해가 되지 않았다.

이곳 학교 아이들은 대부분 이 근처에 살고 있어서 초등학교부터 고등학교 때까지 같은 학교를 다닌다. 그래서 다들 친해 보였고 실제로도 친했다. 그중에서도 특히 몰려다니는 부류들이 있긴 하지만, 누구를 왕따시킨다거나 못된 장난으로 상대를 괴롭히는 아이는 없었다. 그런데 이주예만큼은 혼자였다. 특별히 친한 애도 없었고 그렇다고 괴롭히는 애도 없었다. 여자애들은 이주예처럼 예쁜 애하고는 어떻게 해서든 친해지려고 한다. 이주예 정도면 여자애들은 물론 남자애들도 사귀고 싶어서 안달할 정도다. 그런데 우리 반 남자애들은 아무도 이주예한테는 관심이 없는 것 같았다. 하긴, 우리 반에서 이주예와 어울릴 것 같은 남자애는 없다. 굳이 찾는다면 반장 윤건영 정도?

외모로만 보자면 이주예와 윤건영은 환상의 조합이라고 해도 좋을 만큼 어울렸다. 말 그대로 선남선녀였다. 하지만 윤건영도 이주예한테 관심이 없는 것 같았다.

교실로 돌아왔을 때 지영이가 내 어깨에 팔을 걸쳤다.

"어디 갔다 왔어?"

"화장실."

"나랑 같이 가지 그랬어."

슬쩍 뒤를 돌아보았다. 이주예가 나를 잡아먹을 듯이 노려보고 있었다. 지영이도 뒤를 슬쩍 보더니 얼굴을 찡그리고는 재빨리 고개를 돌렸다.

수업 시간 내내 뒷목이 서늘했다. 신경 쓰지 않으려고 했지만 자꾸 뒤쪽이 신경 쓰였다. 등에 가시가 박히는 싸한 느낌.

## 내가 모르는 무언가가 있다.

그게 뭔지 모르겠지만 이주예의 경고를 듣고 나서 계속 께름칙한 느낌이 들었다.

이주예는 계속 지영이 주위를 맴돌았다. 다른 여자애들처럼 지영이 가까이는 오지도 않고 몇 발짝 떨어져 있었다. 교실에서도 이주예의 눈길은 늘 지영이에게 가 있었다. 식당에 밥을 먹으러 가서도 다른 빈 자리가 많은데도 꼭 지영이와 의자 두 개 정도 떨어진 곳에 앉았다. 그리고 수업이 끝나고 교문을 나서면 꼭 두세 걸음 뒤에서 우리를 따라왔다.

우리 주위를 맴도는 것도 그렇고, 어쩌다 마주칠 때마다 독기 어린 눈빛으로 나를 노려보는 것도 그렇고, 이주예가 했던 경고의 말이 자꾸만 생각났다. 이강슬 건드리지 마, 걘 위험한 애야.

참다못해 지영이에게 물었다.

"이주예, 어떤 애야?"

내 말을 듣는 순간 지영이 얼굴이 싸늘해졌다.

"그건 왜 물어?"

왠지 물어봐서는 안 될 것을 물어본 것 같은 분위기였다.

"아니, 그냥."

지영이가 정색을 하고 말했다.

"부탁인데, 그 애 얘긴 하지 말아 줄래?"

지영이 표정이 워낙 싸늘해서 더는 묻지 못했다.

왠지 불안했는데 드디어 사건이 터졌다. 과학 시간이었다. 과학 선생님은 자기장에 대해서 설명하면서 아이들에게 자석을 나눠 주었다.

"이번에는 자기장에서 전류가 받는 힘에 대해서 알아보겠습니다. 자석을 세워 놓고 오른손 엄지 손가락은 자석의 전류의 방향으로, 나머지 네 손가락은 자기장의 방향으로 향하도록 해 보세요."

지영이와 나는 자석을 세워 놓고 과학 선생님이 시키는 대로 했다.

"전류는 손바닥이 향하는 방향으로 힘을 받는다."

과학 선생님이 설명하는 동안 지영이가 내 귀에 대고 속삭였다.

"네 손에 전기 통하게 해 줄까?"

그게 뭔지 알 것 같았다. 어렸을 때 하던 전기 놀이.

지영이가 내 손목을 꽉 쥐었다. 다른 한 손으로 내 손바닥 위에 원을 그리며 꽉 쥐었던 손목의 힘을 점점 줄였다. 손바닥에 찌르르 전기가 통하는 느낌이 왔다. 어때? 전기가 오지? 지영이 얼굴이 내 얼굴에 바싹 다가왔다. 바로 그때였다.

"아아아악."

등 뒤에서 괴성이 들렸다. 모두 소리 나는 쪽으로 고개를 돌렸다. 이주예가 자리에서 벌떡 일어나더니 끔찍하게 화가 난 얼굴로 비명을 질러 대고 있었다.

이주예는 빨갛게 달아오른 얼굴과 분노로 이글이글 불타는 눈으로 나를 노려봤다. 분명히 나를 보고 있었다. 제정신이 아닌 것 같았다. 이주예가 선 채로 몸을 부르르 떨며 비명을 질렀다.

"으으으악."

과학 선생님이 놀라서 이주예에게 달려갔다. 이주예는 이번에는 머리를 쥐어뜯으며 몸부림을 쳤다.

"주예야, 왜 그러니. 응?"

과학 선생님이 이주예를 안정시키려고 애썼다. 아이들이 웅성거리기 시작했다. 과학 선생님이 아이들을 조용히 시키고 일단 잠잠해진 이주예한테는 몸이 불편하면 보건실에 가서 쉬라고 말했다. 이주예는 풀 죽은 얼굴로 의자에 앉았다. 과학 선생님이 다시 교단 앞으로 가서 수업을 계속했다.

"그러니까 네 손가락을 자기장의 방향으로 향하면 손바닥이 향하는 방향으로 힘을 받습니다. 알겠죠?"

한두 명만 대답하고 나머지는 묵묵부답. 아직도 이주예가 질러 댄 비명의 여운이 가시지 않아 교실 분위기는 어수선했다. 과학 선생님은 억지로 수업을 이어 갔다.

그런데 갑자기 뒤쪽에서 우당탕탕 요란한 소리가 들렸다. 과학 선생님과 아이들 모두 뒤쪽을 바라보았다.

이주예가 의자를 발로 차서 넘어뜨린 뒤 책상까지 엎어 버리고는 교실 밖으로 뛰어나가 버렸다.

잠시 교실 안에 정적이 감돌았다. 과학 선생님도 할 말을 잃고 이주예가 뛰어나간 뒷문을 멍하니 바라보고 있었고, 아이들은 쥐 죽은 듯 조용히 앉아 있었다.

과학 선생님이 어색하게 헛기침을 두어 번 하더니 다시 설명을 하기 시작했다.

"어, 그러니까 자기장은 손바닥이 향하는 방향으로……."

수업 분위기는 엉망이 됐다. 과학 선생님마저 집중력이 흐트러져 횡설수설했고 제대로 수업을 듣는 아이들도 없었다. 나도 수업에 집중할 수가 없었다. 왜 그랬을까? 정신적으로 문제가 있나? 겉보기에는 멀쩡한데.

내가 불안해하자 지영이가 내 귀에 대고 속삭였다.

"신경 쓰지 마. 쟤 개또라이니까."

수업이 끝날 때까지 이주예는 돌아오지 않았다. 넘어진 의자와 책상은 수업이 끝나자 반장이 가서 세워 놓았고, 떨어진 책들은 책상 서랍 속에 넣었다.

## 엄마가 달라졌다.

확실히 느낄 수 있다. 오늘 아침에는 못 보던 흰색 레이스 원피스를 입고 화장까지 곱게 하고 방에서 나왔다. 내 기억으로는 엄마가 화장했던 날은 이혼을 하러 법원에 가던 날 뿐이었다. 그날 엄마는 내가 본 모습 중에 제일 예뻤다. 그런데 지금은 이혼하러 갔던 그날보다 더 예쁘다.

"웬일이야?"

"뭐가?"

"오늘 무슨 날이야?"

"난 좀 꾸미면 안 되니?"

물론 안 될 이유는 없다. 엄마는 아직 젊고 잘 꾸며 놓으면 충분히 아름다운 얼굴이다. 그런데 지금 이 복장은 도저히 가사도우미하고 어울리지 않는다.

엄마는 기분 좋게 웃고는 원피스 자락을 펄럭이며 아래층으로 내려갔다.

영감 앞에만 가면 엄마는 딴 사람이 된다. 오늘은 못 볼 것을 보고 말았다.

엄마가 영감 머리를 잘라 주고 있었다. 일요일이라서 방에서 빈둥거리다 잠깐 바람을 쐬러 마당에 나갔는데, 영감이 흰색 보자기를 쓰고 의자에 앉아 있고 엄마가 영감 머리를 자르고 있었다.

영감은 대머리에다 머리카락도 얼마 없어 이발할 필요도 없었다. 그런데도 엄마는 정성껏 영감 머리카락을 잘랐다. 정말로 한 올 한 올 세어 가면서. 영감 이발을 해 주려고 저렇게 꾸몄나? 속에서 뜨거운 것이 훅 치밀어 올랐다.

엄마는 상냥한 목소리로 영감에게 거울을 건네주며 물었다.

"선생님, 마음에 드세요?"

달라진 게 거의 없는 것 같은데도 영감은 거울을 들여다보며 고개를 끄덕였다.

"좋군."

"머리 자르니까 십 년은 젊어 보이세요."

영감이 피식 웃었다.

"원, 별 말을 다 하네."

"정말이에요. 선생님은 옛날보다 지금이 훨씬 멋있어요."

"빈말이라도 고맙네."

"아이. 빈말 아니라니까요, 선생님."

엄마는 내가 뒤에 서 있는 걸 몰랐다. 하지만 나는 이미 다 들었다. 분명히 엄마는 옛날보다 지금이 훨씬 멋있다고 했다. 그렇다면 영감을 오래전부터 알고 있었다는 말인데.

이 집에 오기 전, 엄마는 혼자 사는 노인네 집에 일해 주러 다닌다고 했다. 노인이 하루에 왕복 4시간씩 걸려 출퇴근하는 게 힘들 텐데 아예 들어와서 살면 어떻겠느냐고 했고, 딸이 있다고 하자 흔쾌히 딸도 데려 오라고 했다는 것이다. 엄마는 딱 그 말만 했지 노인과 예전부터 알던 사이였다고는 하지 않았다.

그러고 보니 이상한 게 한두 가지가 아니다. 엄마는 지나칠 정도로 영감을 좋아하고 엄마를 바라보는 영감의 시선에는 애정이 가득하다. 고용인과 피고용인의 사이라고는 볼 수 없을 정도로 서로를 바라보는 눈빛이 특별하다. 두 사람은 어떤 관계일까. 혹시 연인 관계? 아니다. 그럴 리 없다. 영감에게 엄마는 딸 같은 나이이다. 적어도 서른 살 이상은 차이가 날 거다. 아니다. 그럴 수도 있다. 사랑에는 국경도 없고 나이 차이도 소용없다. 세계적인 문호 괴테도 74세의 나이에 19세의 울리케를 사랑해서 열렬히 구애했다. 세계적으로 유명한 영화감독 우디 알렌도 35세나 어린 한국계 여자 순이와 결혼했다.

엄마가 영감과 결혼하면 나는 그럼 영감의 딸?

아아아아. 생각만 해도 끔찍하다. 지구가 두 쪽이 나도 그런 일이 일어나서는 안 돼. 절대 내가 허락하지 않을 거야.

거울로 머리를 비춰 보던 영감이 거울에 비친 나를 발견하고 고개를 돌렸다. 엄마도 영감을 따라 고개를 돌렸다.

"어머, 광민이 언제 나왔어? 너도 머리 잘라 줄까?"

엄마가 활짝 웃으며 가위를 들고 자르는 시늉을 했다.

나는 표정 관리를 어떻게 해야 할지 몰라 어색하게 두 손을 저으며 뒷걸음질을 쳤다. 그러다 돌에 걸려 넘어지고 말았다. 엄마가 놀라서 나에게 달려왔다. 괜찮니, 괜찮아? 엄마가 손을 내밀었다.

"더러워."

"뭐라고?"

"아냐, 됐어."

엄마의 손을 뿌리치고 집 안으로 들어갔다. 이층까지 단숨에 뛰어올라가 내 방에 들어가 문을 잠군 뒤 미친 듯이 이어폰을 찾아 엠피스리를 켰다.

내 귓속으로 조지 오스본이 〈미친 기차 Crazy Train〉를 미친 목소리로 불러 제꼈다.

## 내 몸은 우주 쓰레기.

우주 공간을 몇백만 년을 둥둥 떠돌고 떠돌고 떠돌다 흔적도 없이 사라지겠지. 운이 좋으면 비틀즈의 〈어크로스 더 유니버스 Across the Universe〉를 만날지도 몰라.

미국 나사에서는 2007년 창립 50주년 기념으로 우주 어딘가에 있을지도 모를 우주 생명체를 위해, 비틀즈의 명곡 〈어크로스 더 유니버스〉를 엠피스리에 담아 우주로 쏘아 보냈다. 그 노래는 지금도 430광년이나 떨어져 있는 북극성을 향해 초속 30만킬로미터의 속도로 날아가고 있다.

우주 쓰레기인 내 몸이 우주를 떠돌다 초속 30만킬로미터로 날아오는 비틀즈를 만날 수도 있다. 비틀즈를 좋아하지는 않지만 우주 공간에서 만나게 되면 사랑하게 될지도 모르겠다. 아니 비틀즈가 아니라 누구라도 상관없다. 우주는 너무나 외로운 곳이라 누군가의 목소리만 들어도 반가워서 왈칵 사랑에 빠지게 될 테니까.

## 불편한 동거가 시작된 것 같다.

집에서는 영감과, 학교에서는 이주예와 한 공간에 있는 게 불편하다. 영감은 나와 엄마 사이를 가로막고 있고 이주예는 나와 지영이 사이를 가로막고 있다.

이주예는 스토커처럼 지영이와 내 주위를 맴돌았다. 지영이와 함께 걷다가도 기분이 이상해서 돌아보면 어김없이 멀찍이서 이주예가 따라오고 있었다. 그리고 느낌이 싸해서 뒤를 돌아보면 어김없이 이주예가 나를 노려보고 있었다.

나는 잔뜩 주눅이 들었다. 지영이가 화장실에 같이 가자고 할 때도 오줌이 안 마렵다는 핑계를 대고 가지 않았다. 지영이가 내 어깨에 팔을 두르거나, 뒤에서 나를 껴안거나 나에게 팔짱을 끼는 스킨십을 할 때마다 지영이를 밀쳐 냈다. 그때마다 지영이 얼굴에는 서운한 기색이 역력했다.

화장실에 갔던 지영이가 들어왔다.

"핸드크림 있어?"

지영이가 물에 젖은 손을 내 앞으로 내밀었다. 가방에서 핸드크림을 꺼내 내밀었다. 지영이가 혀 짧은 목소리로 말했다.

"발라줘."

나도 모르게 고개를 돌려 이주예 눈치를 봤다. 이주예는 여전히 나를 잡아먹을 듯 노려보았다. 그 눈빛을 보자 도저히 지영이 손에 핸드크림을 발라 줄 용기가 나지 않았다.

"그냥 네가 발라."

툭.

책상 위에 핸드크림을 던졌다. 던질 생각은 아니었는데 나도 모르게 그런 꼴이 되어 버리고 말았다. 지영이가 놀란 얼굴로 나를 봤다.

"빌려주기 싫으면 싫다고 해. 기분 나쁘게 던지지 말고."

"던진 게 아닌데……."

"너 요즘 이상하다."

"내가 뭘?"

지영이 표정이 싸늘해졌다.

"됐어."

지영이는 내 앞으로 핸드크림을 쓱 밀었다. 왜 이러지? 나도 내 감정을 모르겠다. 자꾸만 이주예의 시선이 의식되면서 지영이를 대하는 게 어색해진다.

수업이 끝나고 지영이와 함께 교문을 나섰다. 지영이는 내 팔짱을 끼고 재잘댔지만 나는 자꾸만 등 뒤가 신경 쓰였다. 분명히 이주예가 따라오고 있을 거다. 이런 일 한두 번이 아니었잖아. 돌아볼까? 아냐, 돌아봐서 어쩔 건데. 그냥 걷자. 그렇게 마음으로 갈등하다가 버스 정류장이 가까워 오자 나도 모르게 뒤를 돌아보았다. 혹시나 했는데 역시나였다. 이주예가 열 걸음 정도 뒤에서 우리를 따라오고 있었다. 등골이 오싹해졌다.

나는 내 팔짱을 끼고 있는 지영이 팔을 잡아 뺐다. 지영이가 나를 빤히 쳐다보았다.

"왜 그래?"

"뒤돌아보지 말고 내 말만 들어. 또 따라오고 있어."

지영이의 얼굴이 굳었다. 이제는 정식으로 물어볼 용기가 생겼다.

"너 이주예하고 어떤 사이야? 쟤 왜 저러는 건데?"

지영이가 싸늘한 표정으로 말했다.

"오늘은 너 먼저 가야겠다. 나 약속 있어."

마침 버스가 도착했다. 나는 얼떨결에 혼자 버스에 타고 말았다. 방금 전까지 없던 약속이 갑자기 생겼다는 게 말이 안 된다고 생각했다. 하지만 지영이의 표정이 너무 완강해서 더는 물어볼 수 없었다. 버스에서서 정류장을 내려다보았다. 지영이는 화가 단단히 난 얼굴로 정류장에 서 있었고, 열 걸음쯤 떨어진 곳에 이주예가 서 있었다. 버스는 천천히 움직이기 시작했다.

저수지의 물빛은 날마다 더 짙은 청록색으로 변했다.

산은 매일 달라졌다. 산도 물감을 풀어 하루에 한 번씩 덧칠한 것처럼 어제보다 색깔이 더 진해졌다. 어제의 바람, 어제의 냄새, 어제의 물소리보다 오늘의 바람, 오늘의 냄새, 오늘의 물소리가 점점 더 강하고 진하고 컸다.

집으로 가는 대신 산으로 올라가기로 했다. 집에 들어가기가 싫다. 엄마와는 여전히 냉전 중이고 영감을 보는 게 고통스럽다. 두 사람 사이에 낀 내가 방해물이 된 것 같은 기분이다. 나만 없으면 두 사람은 알콩달콩 깨를 볶으며 행복하게 살 텐데. 영감의 머리카락을 잘라 주며 행복해하던 엄마 얼굴이 잊히지 않는다. 내가 알던 엄마는 어디 가고 완전히 낯선 사람이 내 앞에 있는 것 같았다.

집으로 올라가는 비탈길을 지나쳐 매점 앞까지 걸어갔다. 매점 안에서 지영이 엄마가 무료한 얼굴로 하품을 하고 있었다. 매점은 낚시꾼이 많이 오는 주말에만 바쁘고 평소에는 파리만 날렸다.

혼자 산으로 올라갔다. 지금까지 혼자인 것에 익숙했는데, 그래서 혼자 있는 시간이 아무렇지도 않을 것 같았는데 이제는 조금 쓸쓸했다.

한여름에는 무성한 수풀들에 둘러싸여 보이지 않던 아지트가 이제는 등산로에서도 훤히 들여다보였다. 풀에 쓸리지 않고도 아지트로 들어갈 수 있었다. 발밑에서 서걱서걱 마른 풀이 밟히는 소리가 났다.

지영이와 누워 하늘을 올려다보던 바위에는 나뭇잎과 솔잎들이 수북했다. 바위에 앉아 흘러내리는 계곡물을 바라보았다. 계곡물은 지난 여름보다 훨씬 양이 줄어들어 졸졸졸 흐른다는 느낌이었다. 모든 시간은 고여 있는데 물의 시간만 흐르고 있었다.

나는 왜 여기까지 와 버렸을까?

불과 몇 달 전까지 내 삶은 이렇지 않았다. 오직 나만 생각했다. 하지만 지금은 주위에 있는 모든 사람이 신경 쓰인다. 지영이도 엄마도 영감도 이주예도. 인정하기는 싫지만 윤건영도.

윤건영이 학교를 소개하기 위해 앞장서서 걸어가던 뒷모습이 자꾸 생각났다. 물론 윤건영은 반장의 의무를 했을 뿐이다. 거기에는 어떤 친절이나 사심이 전혀 없었다. 하지만 이상하게 그날 이후 윤건영을 똑바로 볼 수 없었고, 윤건영 가까이 지나갈 때는 가슴이 두근거렸다. 아아, 신경 쓰지 말자. 걔는 그냥 어느 교실에서나 흔히 볼 수 있는 책임감 강한 모범생 반장일 뿐이야. 반장의 의무와 사적인 친절을 혼동해서는 안 돼. 제발 정신 차리자.

바위에 누워 하늘을 올려다봤다. 지영이와 알몸으로 물속에 누워 올려다본 하늘도 오늘처럼 저렇게 눈을 뜰 수 없을 정도로 밝았다. 눈을 감자 복잡했던 머릿속이 맑아지면서 거짓말처럼 잠이 왔다.

꿀처럼 달콤한 잠을 자다 문득 잠에서 깼다. 얼마나 잤는지 아주 깊은 잠을 자고 난 것처럼 개운했다. 바위에서 일어나 가방을 집어 들다가 문득 이곳에 온 첫날 지영이가 보여 준 아기 새가 생각났다. 분명히 저쪽 어딘가에서 아기 새를 가지고 나왔는데……. 지영이가 아기 새를 가지고 나왔던 수풀 쪽으로 가서 풀들을 헤치고 안으로 들어갔다. 수풀 속을 헤매다 겨우 나뭇가지를 둥글게 말아 만든 새집을 발견했다. 그런데 새집에는 깃털 몇 개만 있을 뿐 비어 있었다.

"날아갔어."

갑자기 등 뒤에서 지영이 목소리가 들렸다. 깜짝 놀라 돌아보니 수풀 한가운데에 지영이가 서 있었다. 너 정말 사람 놀라게 하는 재주가 있구나. 첫날에도 그랬고 지금도. 심장이 고장 난 것처럼 미친 듯이 뛰었다.

"어? 언제 왔어?"

겨우 진정을 하고 아는 체를 했다. 지영이는 허망한 눈빛으로 내 어깨 너머에 있는 빈 새집을 보며 말했다.

"어느 날 와서 보니 날아가고 없더라."

"나 여기 있는 줄 어떻게 알았어?"

지영이가 내 옆으로 다가왔다.

"우린 통하는 게 있잖아."

우리가 통하는 게 있었나? 얼마 전까지는 나도 그렇게 믿고 있었다.

하지만 지금은 잘 모르겠다.

지영이는 산을 올려다보며 크게 심호흡을 했다. 산의 맑은 기운이 지영이의 입속으로 빨려들어가는 것 같았다.

"사실 이주예 만나고 왔어."

이주예라는 이름이 나오자 깜짝 놀랐다. 역시 둘 사이에 뭔가가 있었어. 그게 뭘까. 지영이가 바위에 앉았다. 나도 지영이 옆에 앉았다.

지영이는 담담하게 말했다.

"이주예가 날 좋아해. 아주 많이."

역시 그랬구나. 그래서 그렇게 나를 증오하는 눈빛으로 노려본 거구나. 이제야 이주예가 그토록 적의에 찬 시선으로 나를 노려보고, 끊임없이 우리 주위를 맴돈 이유를 알 것 같았다.

내가 말했다.

"그럼 이주예하고 사귀면 되잖아. 이주예 정도면 괜찮지 않니?"

지영이가 내 얼굴을 물끄러미 바라보았다.

"난 싫어."

"왜 싫은데?"

"그냥 싫어. 좋은 데 이유 있고 싫은 데 이유 있니? 그냥 싫어."

지영이가 이렇게 똑 부러지는 성격이었나? 아직 사귄 지 얼마 되지 않아 나도 지영이가 어떤 성격인지 모르겠다. 우리는 서로를 속속들이 알기도 전에 너무 갑작스럽게 친해져 버렸다.

지영이가 말했다.

"오늘 이주예 만나서 확실히 말했어. 너나 나한테 신경 끊으라고. 우리 근처에는 얼씬거리지도 말라고. 네가 이주예 신경 쓰는 거 보기에도 안쓰럽더라."

역시 지영이도 이주예가 나를 의식하고 있다는 것을 알고 있었다. 우리 주위를 맴돌고 있다는 것도. 그런데 그 말이 통할까? 이 학교를 졸업하기 전까지 우리는 같은 교실에서 지내야 하는데.

"이주예는 뭐래?"

"잘 알아들었대. 그러니까 너도 걔 신경 쓸 거 없어."

"내일 당장 학교에 가면 볼 텐데……."

내가 나쁜 사람이 된 것 같아 왠지 기분이 좋지 않았다. 누가 갖고 있는 물건을 억지로 빼앗은 기분.

지영이가 내 표정을 보더니 등을 톡톡 두드리며 말했다.

"전에도 말했지만 이주예는 개또라이야. 상대 안 하는 게 정신 건강에 좋아. 잊어. 응?"

나는 고개를 끄덕였다.

지영이가 물었다.

"넌 비밀 없어?"

"비밀?"

"응. 우리 사이에 비밀 같은 건 키우지 말자."

"없어."

지영이 얼굴에 싸늘한 미소가 스치고 지나갔다. 그리고 갑자기 정색을 하고 물었다.

"너 키스 해 봤어?"

"키스?"

"응."

"아니."

"한 번도 안 해 봤어?"

"응. 넌?"

지영이 얼굴이 갑자기 내 앞으로 훅 다가왔다. 놀라서 뒤로 뺄 틈도 없이 지영이의 입술이 내 입술에 닿았다. 아주 살짝 부드럽고 물컹한 입술의 감촉이 느껴졌다. 심장이 쿵.

지영이는 한 손으로 내 귀를 잡았다. 귓불이 간지러웠다. 머릿속이 하얘지면서 아무 생각도 나지 않았다. 지영이의 입술이 다시 다가왔다. 이번에는 나도 모르게 눈을 감고 말았다. 깜깜한 어둠 속에서 온몸의 모든 감각이 다 사라지고 오직 입술의 감각만이 살아 있었다. 내 입술에 닿는 촉촉하고 부드럽고 말캉말캉한 살의 느낌. 잠들어 있던 온몸의 감각이 일제히 살아나 입술에 집중되고 있었다.

지영이의 혀가 꽉 다문 내 입술 사이를 벌리려고 했다. 아, 안 돼. 나는 입술에 힘을 주고 버텼다.

지영이의 입술이 이번에는 진공청소기처럼 내 입술을 빨았다. 그 힘이 너무나 강렬해서 내 몸 전체가 지영이의 입 속으로 빨려들어갈 것만 같았다.

아, 그만. 몸으로 지영이를 밀쳐 내고 일어났다. 순간, 세상이 핑 돌았다. 나무도 돌고 계곡도 돌고 하늘도 돌았다. 내 몸은 가만히 있는데 주위 풍경들이 정신을 차릴 수 없을 정도로 빠르게 돌아 쓰러질 것만 같았다.

지영이가 천천히 일어나더니 내 귀에 대고 속삭였다.

"사랑해. 나한테는 너뿐이야."

끔찍해.

저 핑크색. 핑크가 내 몸속으로 파고들어 내 몸이 핑크색이 돼 버릴 것만 같아. 핑크색 피부, 핑크색 손톱, 핑크색 머리카락, 핑크색 땀, 언젠가는 핑크색 꿈도 꾸겠지.

다들 제멋대로야. 내 생각 따위는 아무도 하지 않아. 내가 무슨 색을 좋아하는지 어떤 방을 원하는지 무슨 꿈을 꾸는지 안중에도 없어. 이젠 질렸어.

서랍을 뒤져 검은색 대용량 물감을 찾아냈다. 물감을 붓에 찍어 벽에 칠했다. 검은색 물감이 모자라서 빨간색과 파란색을 섞어 보라색을 만들어 나머지 벽을 칠해 버렸다. 방에는 핑크색이 점점 사라지고 어둡고 음산한 색이 채워지고 있었다. 물감이 다 떨어져서 더는 칠을 할 수가 없었다.

침대 위에 드리워져 있던 하얀색 캐노피를 거둬 냈다. 레이스 커튼도 떼어내 버리고 핑크색 이불 커버도 벗겨 버렸다. 벽에 붙어 있는 침대도 방 중앙으로 옮겼다. 침대가 무거웠지만 젖먹던 힘을 다해 방 한가운데까지 끌었다. 이제 남은 벽과 천장을 검은색으로 칠하고 검은 천을 사다 커튼과 이불을 만들고, 박쥐와 거미를 잡아다 풀어놓으면 내가 원하는 방이 된다. 흑마술이 통하는 검은 마녀의 방.

벽을 칠하고 가구를 옮기고 커튼을 뜯어내는 동안에도 자꾸만 생각났다. 나를 향해 다가오던 지영이의 얼굴, 그 눈빛, 내 입술에 닿던 그 입술, 온몸이 빨려들어갈 듯한 강한 흡입력. 처음에 들던 죄책감과 나중에 찾아온 묘한 황홀감. 그 순간의 강렬한 입술의 촉감. 온몸의 솜털이 곤두설 정도로 민감해지던 내 몸의 감각.

죄책감이 깊어질수록 황홀한 감각이 활활 타올랐다. 뭐지? 이 이상한 감정의 정체는.

"왜 이렇게 시끄럽니?"

엄마가 방문을 열었다. 방문을 잠글 틈도 없이 순식간에 엄마가 방 안으로 들이닥쳤다. 방 안을 둘러본 엄마는 기절할 것처럼 놀란 얼굴로 멍하니 서 있었다. 어차피 각오는 돼 있으니까 긴장하지 말자.

엄마의 놀란 얼굴이 분노로 바뀌는 데는 5초도 채 걸리지 않았다.

"다음부터는 노크 좀 하고 들어와."

엄마가 방 한가운데에 놓인 침대에 털썩 주저앉았다.

"방 꼴이 이게 뭐야?"

"내 방이니까 내 마음대로 꾸밀 거야."

엄마가 나를 노려보며 말했다.

"잊었어? 여긴 우리 집이 아냐."

"알아."

"아는데 방을 이 꼴로 만들어?"

"내 방인데 내 맘대로도 못 해?"

"제발 광민아. 엄마 속 좀 그만 썩여. 나도 힘들어."

"뭐가 힘들어? 영감하고 아주 깨가 쏟아지면서."

최대한 비웃고 조롱하고 싶었다. 엄마 가슴에 상처를 줘야 내 마음이 편했다. 아무래도 내 피에는 악마의 피가 섞여 있는 것 같다.

"그게 무슨 말이야?"

"내가 모를 줄 알았어? 엄마하고 영감하고 그렇고 그런 사이 아냐? 가사도우미는 핑계고."

"광민아."

엄마가 침대에서 일어났다. 나는 이제 두려움이 없다. 적어도 엄마 앞에서는.

엄마의 눈시울이 붉어졌다. 차라리 울어. 언제나 그랬잖아. 세상에서 가장 불행한 척, 가장 가련한 여인인 척했지. 그때마다 마음이 약해졌지만 이제는 안 속아.

나는 눈알이 빠질 정도로 눈에 힘을 주어 엄마를 노려봤다. 엄마가 애원했다.

"제발 조용히 좀 살자. 응?"

"이보다 어떻게 더 조용히 살아?"

엄마가 모든 것을 체념한 듯한 얼굴로 말했다.

"당장 침대 옮기고 커튼도 다시 달고. 저 벽은 어쩔 거야?"

"싫어."

"당장 해."

"싫다고, 싫어, 싫어, 싫어."

그때 갑자기 영감이 방 안으로 불쑥 들어왔다. 영감은 방 안을 둘러보더니 별로 놀라지도 않은 얼굴로 말했다.

"이게 지금 뭐 하는 짓이야?"

엄마가 어쩔 줄 몰라 하며 또 머리를 조아렸다.

"선생님, 죄송해요. 이 방은 다시 원상태로 해 놓을게요."

영감이 말했다.

"방 주인 마음대로 하게 내버려 두게."

엄마도 놀라고 나도 놀랐다. 잔소리 폭탄을 맞을 마음의 준비를 단단히 하고 있었는데.

"아니예요, 선생님. 원래대로 해 놓겠습니다."

영감이 내 앞으로 걸어왔다. 금방이라도 쓰러질 것처럼 영감은 비실비실 힘이 없었다.

"넌 엄마한테 했던 말 당장 사과해라."

나는 영감을 노려보며 단호하게 말했다.

"싫어요."

엄마가 내 옆구리를 꾹 찌르며 눈으로 말했다. 너 왜 그래? 제발 그러지 마.

영감이 나를 노려보았다.

"싫어?"

"네, 싫어요. 이건 엄마하고 내 문제예요. 할아버지가 상관할 문제가 아니죠. 제삼자는 빠지세요."

영감의 입술이 파르르 떨렸다. 나는 부르르 떨며 주먹을 쥐었다.

지렁이는 팔도 없고 다리도 없어 누군가를 공격할 수 없다. 밟히면 꿈틀댈 뿐이다. 그것만으로 최소한의 저항을 할 뿐. 나, 아직 살아 있다고. 나도 그랬다. 밟힐 때마다 꿈틀대기만 했다. 하지만 더는 그러지 않을 거다.

엄마가 갑자기 내 뺨을 때렸다. 한 번도 엄마한테 맞아 본 적이 없는데 엄마가 나를, 그것도 영감이 빤히 보는 앞에서 때렸다.

엄마는 두 눈 가득 눈물이 그렁그렁한 채 새빨개진 얼굴로 나를 노려보고 서 있었다.

이상하게 아프지 않았다. 정말로 아프지 않았다. 다만 절망감이 목울대까지 차올랐다.

## 모든 게 키스 때문이다.

지영이와 키스를 한 뒤 내 감정이 엉망이 되어 버렸다. 방을 엉망으로 만들어 버렸고, 엄마에게 반항했고, 영감에게 대들었다.

지금까지는 한 번도 경험해 보지 못했던 괴상한 감정에 휩싸여서 미칠 것 같았다. 머릿속에서 떨쳐 내려고 하면 할수록 자꾸만 하나의 장면이 떠올랐다. 지영이와 나는 발가벗은 채 함께 누워 있고, 입을 맞추고, 서로의 몸을 더듬고, 마침내는 한 몸이 되는 장면. 서로의 육체를 갈구하는 뜨거운 두 개의 몸.

대낮인데도 올빼미 한 마리가 높은 나뭇가지 위에서 그 둘의 몸을 내려다보고 있다. 은밀한 계곡의 아지트에서 알몸인 채 하나가 된 두 여자아이를. 나는 올빼미의 눈 속에 들어가 그 여자아이들을 내려다보고 있다. 올빼미는 음산하게 울고 한 몸이 된 여자아이들은 점점 더 서로의 몸을 탐한다.

거기까지 상상하자 얼굴이 화끈거리고 온몸이 불덩어리처럼 뜨거워졌다. 화장실로 들어가 찬물을 뒤집어써도 뜨거운 불덩어리가 식지 않았다.

음악을 틀었다. 세상을 갈기갈기 찢어 버릴 것 같은 헤비 메탈. 방문을 걸어 잠그고 볼륨을 최대한 높였다. 아무것도 비집고 들어올 틈이 없을 정도로 방 안을 음악으로 꽉꽉 채웠다.

저녁 식사 시간에 아래로 내려가지 않았다. 엄마는 밥 먹으라고 나를 부르지도 않았다. 차라리 그게 편했다. 당장은 엄마 얼굴을 볼 수 없을 테니까.

불을 끄고 이불을 머리 위까지 뒤집어썼다. 칠흑 같은 어둠 속에서 어둠이 덩어리를 만들더니 그 덩어리가 점차 지영이 얼굴로 변했다. 어둠 덩어리가 만들어 낸 지영이의 형체는 환하게 빛났다. 지영이가 내 귀에 대고 속삭였다. 사랑해, 나한테는 너뿐이야.

밤이 깊었지만 잠이 오지 않았다. 밤새 우는 새 소리는 멀리서, 가까이에서 경주를 하듯 경쟁적으로 들려왔다. 밤에 우는 새는 낮에 우는 새보다 훨씬 서글프다. 꺄꺄 목청이 찢어져라 울어 댄다. 울다 서글퍼서 죽는 게 아니라 목청이 찢어져서 죽을 것 같다.

처마 끝에 달린 풍경도 울어 댔다. 쨍그랑, 쨍그랑. 얇고 가벼운 풍경 소리 사이사이로 밤새가 꺄꺄꺄 박자를 넣었다. 쨍그랑, 꺄. 쨍그랑, 꺄. 쨍그랑, 꺄. 기분 나쁜 밤.

## 지영이가 고백했다.

점심을 먹고 우리는 학교 운동장 가에 있는 등나무 아래 벤치로 갔다. 보라색 등나무 꽃에서 풍겨 오는 향기가 어지러울 정도로 진했다.

등나무 아래 앉아 지영이가 자기는 남자보다 여자를 더 좋아한다고 담담하게 고백했다. 한 번도 남자에게 끌려본 적이 없고 성적인 느낌을 느낀 적도 없다고 했다.

"그렇다고 내가 레즈비언인지는 아직 모르겠고."

지영이는 발밑에 떨어져 있는 등나무꽃을 툭툭 치며 자신 없는 목소리로 말했다.

중2 때 나도 같은 반 여자아이를 지독하게 짝사랑했던 적이 있었다. 그때는 꽤 심각했다. 짧은 머리에 키가 크고 삐쩍 마른 여자애였다. 굉장히 털털하고 '걸크러시'한 분위기를 물씬 풍기는 아이였다. 그 애 옆에만 가면 몸이 덜덜 떨렸다. 하루 종일 눈은 그 애한테 향했고 일거수일투족을 감시했다. 그 애가 다른 여자애들하고 장난을 치거나 웃고 있으면 질투심이 이글이글 타올랐다. 그렇다고 고백을 할 용기도 없었고, 고백을 해 봐야 무슨 소용이 있나 싶었다. 그렇게 반년을 혼자 가슴앓이했다.

그런데 어느 날 학교 밖에서 그 애가 남자아이와 손을 잡고 가는 장면을 보고는 실연을 당한 것처럼 가슴이 찢어졌다. 그리고 잊으려고 노력했고 잊었다. 그다음부터는 그 애를 봐도 더는 떨리지 않았고 오히려 무덤덤했다.

한때 짧고 강렬하게 경험했던 나의 첫사랑. 아직까지 그게 동성애인지 아닌지는 모르겠다.

지영이가 계속 말했다.

"근데 아무리 생각해도 난 레즈비언이 확실한 거 같아. 너하고 키스할 때 정말 좋았거든. 넌 어땠어?"

"나는 아직 모르겠어."

언젠가는 첫 키스를 하게 될 거라고 막연히 생각하고 있었지만 그 상대가 여자일 줄은 상상도 못했다. 그런데 막상 첫 키스를 여자인 지영이와 하고 나니 매 순간 생각 났다. 심장이 쫄깃해지고 하늘이 노래지고 무중력 상태로 붕 떠 있는 듯한 기분이었다. 시간이 지나면서 죄책감과 부끄러움과 자책감이 몰려왔지만 키스하던 그 순간만큼은 황홀했다.

그렇다면 나도 레즈비언인가? 그 물음에 대해서 자신 있게 대답할 수가 없다. 내가 지영이를 좋아하는 마음이 이성을 좋아하는 마음과 같은지는 이성을 좋아해 보지 않아서 모르겠다. 지영이를 좋아하지만, 좋아하는 것과 사랑하는 것이 어떻게 다른지도 아직 모르는데.

지영이가 망설이다가 말했다.

"그럼, 우리 진도 더 나가 볼까?"

"진도?"

"응. 그거 해 볼래?"

"그거라니?"

"섹스."

순간적으로 얼굴이 확 달아올랐다. 섹스라는 단어는 나에게 명왕성이나 해왕성만큼이나 낯설다.

나는 무슨 말을 해야 좋을지 몰라 멀뚱멀뚱 지영이를 보기만 했다.

지영이가 말했다.

"만약 그때도 좋으면 우린 확실히 레즈비언인 거지. 어때? 해 볼래?"

"난…… 솔직히 아직 모르겠어. 뭐가 뭔지."

지영이가 내 입술에 손가락을 대고 말했다.

"그만, 거기까지. 지금 당장 말 안 해도 돼. 시간을 갖고 생각해."

나는 생각만 하면 되는 걸까? 진짜로 섹스를 하게 되면 그 다음 우리는 어떻게 되는 거지? 그래서 만약 레즈비언이라는 것을 확인하게 되면 우리는 레즈비언 커플이 되는 건가?

어떤 단어는 듣기만 해도 얼굴이 화끈거린다.

나에게는 섹스라는 단어가 그렇다. 책을 읽을 때나 영화를 볼 때 그 단어가 나오면 나와는 백억 광년쯤이나 떨어져 있는 먼 단어로 느껴진다. 그런데 지영이에게 섹스를 해 보자는 말을 듣고 나니 그 단어가 순식간에 백억 광년을 달려 나에게로 왔다.

섹스를 한다는 건 어떤 걸까? 그것도 동성끼리 나누는 섹스는? 영화에서는 사랑하는 남녀가 황홀한 얼굴로 섹스를 한다. 그 기분이 어떤지 모르겠지만 지영이와 키스를 할 때 느꼈던 그 황홀함과 비슷한 감정일 거라고만 짐작했다.

수업 시간 내내 머릿속에 오직 섹스라는 한 단어만 가득 차 있었다. 지영이와 그걸 해 보면 내 성 정체성을 확실히 알 수 있을까? 하지만 그래서 어쩌자는 거지. 만약 좋으면? 그래서 내가 레즈비언인 것을 확인하게 되면 그 다음은 어떻게 되는 거지?

수학 선생님이 칠판에 문제를 적고 있었다. 교실은 조용했고 천장에서 돌아가는 선풍기가 더운 바람을 훅훅 내뿜고 있었다. 더위와 아이들의 땀 냄새로 교실 안 공기는 숨을 쉬기 힘들 정도로 후텁지근했다.

아이들은 수학 선생님이 칠판에 적은 문제를 풀기 시작했다. 수학을 일찌감치 포기한 수포자들은 책상에 엎드려 잠을 자거나 공책에 그림을 그렸다. 문제를 열심히 푸는 사람은 윤건영을 포함해서 몇 명 되지 않았다.

나도 책상에 엎드려 문제를 풀었다. 그런데 교실 바닥에 빨간 액체가 흐르고 있는 게 보였다. 자세히 보니 피였다. 분명히 피였다.

피는 뒤에서 흘러오고 있었다. 고개를 돌려보니 이주예가 팔 한쪽을 축 늘어트린 채 엎드려 있었고 팔목에서 피가 뚝뚝 떨어지고 있었다. 손목을 그었는지 바닥에 커터 칼이 떨어져 있었다.

"악."

비명을 지른 건 내가 아니라 이주예 앞자리에 앉아 있던 박솔미였다. 박솔미는 의자에서 일어나 바닥에 흐르는 피를 가리키며 미친 듯이 비명을 질러 댔다. 순식간에 조용한 교실이 아수라장이 됐다. 여자아이들은 비명을 질렀고, 박솔미는 공포에 질린 얼굴로 울고 있었다.

수학 선생님이 이주예에게 달려가며 소리쳤다.

"반장, 구급차 불러라."

윤건영은 침착하게 119에 전화를 해서 구급차를 불렀다. 그동안 수학 선생님은 책상에 엎드려 있는 이주예의 상태를 살폈다. 피를 흘리는 팔목에 손수건을 감아 지혈을 했다.

윤건영이 이주예 자리로 갔다. 윤건영은 사물함에서 담요를 꺼내 바닥에 깔고 이주예를 번쩍 들어 눕혔다. 반 아이들은 숨을 죽이고 윤건영이 이주예를 바닥에 눕히는 장면을 지켜보았다.

수학 선생님이 이주예 주변에 몰려들었던 아이들에게 자리로 돌아가라고 지시했다. 아이들은 겁에 질린 얼굴로 자기 자리로 돌아갔다. 하지만 박솔미는 충격이 컸는지 자리에 앉지 못했다.

윤건영이 박솔미 어깨를 부드럽게 두드리며 말했다.

"괜찮아, 진정해."

발작을 일으킬 것처럼 울던 박솔미가 조용해졌다. 반 아이들도 여기저기서 수군거리기는 했지만 여전히 흥분이 가시지 않은 듯했다. 이 소란 속에서 딱 한 사람, 지영이만 조용했다. 지영이는 처음 비명 소리에 고개를 돌려 보고는, 한순간에 모든 것을 알아차린 사람처럼 냉정한 얼굴로 다시 고개를 돌렸다. 소름이 끼칠 정도로 차가운 지영이의 얼굴을 보자 왠지 모르게 섬뜩한 기분이 들었다.

윤건영은 박솔미를 자리에 앉힌 뒤 걸레를 가져와 바닥의 피를 닦았다. 수학 선생님이 주번에게도 시키자 주번은 마지못해 얼굴을 찡그리고 피를 닦았다.

윤건영은 다른 아이들과 달리 침착했다. 구급차를 부르고 이주예에게 응급조치를 하고 교실 바닥에 흐른 피를 닦는 행동이 마치 이런 일에 준비된 사람 같았다.

윤건영이 피를 닦으며 내 옆자리까지 왔다. 나도 물티슈를 꺼내 내 옆자리에 얼룩져 있는 피를 닦기 시작했다. 윤건영이 내 발을 살짝 밟았다.

"아, 미안."

윤건영이 사과했다. 윤건영과 눈이 마주치자 내 심장에서 쿵 소리가 났다.

지영이는 하루 종일 말을 하지 않았다. 지영이와 이주예의 관계를 자세히는 알 수 없지만 이주예가 자해한 게 혹시 지영이 때문이 아닌가 하는 의심은 버릴 수 없었다.

혹시 내가 지영이와 가까워지자 이주예가 질투해 자해를 한 건가? 그래서 지영이 표정이 저렇게 어두운 건가? 아무리 생각해 봐도 이주예가 자해한 이유를 알 수 없었다. 그리고 지영이에게는 아무것도 물어볼 수가 없었다. 우리는 다른 날과 마찬가지로 함께 버스를 타고 왔고 집으로 가는 대신 아지트로 올라갔다.

"생각해 봤어?"

"뭘?"

"아까 낮에 말했던 거."

우리는 아지트 바위에 나란히 누워 있었다. 지영이는 내 쪽으로 몸을 틀고 진지한 눈빛으로 나를 바라보았다. 학교에서 이주예의 자해 사건을 보고 있을 때의 눈빛과는 전혀 다른, 하트가 금방이라도 나올 것 같은 눈빛이었다.

"그 문제는 좀……."

이주예 자해 사건 때문에 잠깐 잊고 있던 단어가 떠올랐다. 섹스. 아직 나는 어떤 결론도 내지 못했다.

지영이가 갑자기 내 귀를 살짝 잡았다. 그러더니 부드럽게 귓불을 손가락으로 문질렀다. 온몸의 촉각이 귀에 집중되면서 기분이 이상해졌다.

지영이의 얼굴이 내 앞으로 바짝 다가왔다. 눈빛은 무언가를 갈구하

듯 이글거렸고 두 손은 내 귓불을 계속 부드럽게 어루만졌다. 얼굴이 확확 달아오르면서 머릿속이 하얘졌다.

지영이가 나지막한 목소리로 속삭였다.

“지금 확인해 볼까?”

지영이는 내 교복 블라우스 단추를 풀기 시작했다. 첫 번째 단추가 풀리고 두 번째 단추가 풀릴 때까지, 나는 최면에 걸린 것처럼 꼼짝할 수가 없었다. 눈앞에 어떤 거대한 괴물이 서 있는 것 같았다. 발이 땅에 달라붙어 도망갈 수도 비명을 지를 수도 없는 상황 같은.

지영이가 내 귀에 대고 속삭였다.

“우린 분명히 같을 거야.”

나는 한 번도 내 성 정체성에 의문을 품거나 진지하게 생각해 본 적이 없었다. 적어도 지영이를 만나기 전까지는 그랬다. 나는 여자로 태어났으니 분명 남자를 좋아하고, 언제가 될지 모르지만 첫 섹스도 남자와 할 거라고 막연히 생각했다. 그런데 지금은 그런 생각이 한순간에 무너지려고 한다. 나는 이쪽 세계에서 저쪽 세계로 건너가려고 하는 문턱에 서 있다.

지영이가 내 브래지어 속으로 손을 넣어 가슴을 만졌다. 키스를 할 때와는 확연히 다른 느낌. 저쪽 세계로 넘어가기 위해 한 발을 들어 올렸지만 무섭고 두렵다. 멋모르고 얼떨결에 들여놓았을 때와, 이성이 머릿속을 가득 지배하고 있는 지금은 상황이 전혀 다르다. 내가 만약 이쪽 세계가 아니라 저쪽 세계 사람이라면 내 삶은 어떻게 되는 거지?

한 번 건너가면 다시는 이쪽 세상으로 돌아올 수 없을지도 모른다. 그렇다고 내 삶이 바뀌나? 아아, 나는 어떻게 되는 거지?

지영이의 손이 내 가슴을 주물렀다. 점점 더 괴물이 내 숨통을 조여 오는 기분이었다. 살려 줘. 비명을 지르고 싶었지만 비명이 나오지 않았다. 그때 떠오른 얼굴이 있었다. 윤건영. 무뚝뚝하고 차가운 그 얼굴이 짧게 나타났다 사라졌다.

"잠깐만!"

나는 지영이의 손을 뿌리치고 일어났다. 교복 블라우스를 여미고 단추를 채웠다. 지영이가 천천히 일어나 앉았다.

"아무래도 난 아닌 거 같아."

지영이가 싸늘한 눈빛으로 나를 바라보았다.

내 말은 내 생각에 확신을 주었다. 아무래도 난 아닌 거 같다고 말을 하는 순간 혼란스러운 마음에 마침표를 찍은 기분이었다.

지영이가 안타까운 표정으로 말했다.

"아직 해 보지도 않았잖아."

"안 해 봐도 알 것 같아."

자리에서 일어났다. 지영이는 그대로 바위에 앉아 있었다.

나는 돌아서서 걸었다. 지영이는 나를 따라오지 않았다. 어쩌면 지영이가 나를 떠날 수도 있을 거라는 생각이 들었다. 바위에 앉아 있는 지영이는 너 지금 돌아가면 너는 다시 돌아올 수 없다고 말하는 듯했다. 다시 돌아가. 돌아가서 말할까? 생각해 보니 한번 확인해 보는 것도 괜찮을 것 같다고 그렇게 말할까? 그러자 마음의 소리가 나를 다그쳤다. 이제 너는 다시 혼자가 될 수도 있어. 버림받는다는 게 어떤 건지 잘 알고 있잖아. 하지만 발걸음이 떨어지지 않았다. 지영이가 내 블라우스 단추를 끄르는 동안 내 몸은 분명히 지영이를 거부하고 있었다. 아냐, 돌아갈 수 없어.

나는 뒤를 돌아보지 않고 산을 내려왔다. 걸으면서 확신이 굳어졌다. 난 아냐. 절대로!

## 자해 사건 이후

이주예는 학교에 오지 않았다. 병원에 입원했다고 담임이 아침 조회 시간에 알려 주었다. 담임 얼굴은 굳어 있었고 아이들도 평소와 다르게 조용했다.

오후에 지영이 엄마가 학교에 왔다. 교무실 앞에서 지영이 엄마를 보고 깜짝 놀랐다. 평소에는 화장도 하지 않고 옷도 대충 입고 있었는데 오늘은 화장도 하고 좋은 옷을 입고 있었다. 하지만 표정은 잔뜩 화가 나 있었다.

담임은 수업 시간에 들어오지 않았다. 우리가 자습을 하는 동안 이번에는 지영이가 담임에게 불려갔다. 나는 불안해서 어떤 것에도 집중할 수 없었다.

수업이 끝날 때쯤 지영이가 교실로 들어왔다. 지영이의 표정은 심각했다. 나는 지영이 눈치를 살피며 겨우 물었다.

"괜찮아?"

"응."

지영이는 내 얼굴도 보지 않고 그렇게 대답한 뒤 책가방을 챙겨 교실에서 나가 버렸다. 수업 시간 내내 나는 어떤 거대한 사건의 중심에 서 있는 것처럼 불안했다.

마지막 시간에 윤건영이 내 자리로 왔다. 윤건영을 보자 또 가슴에서 쿵 소리가 났다.

윤건영이 무뚝뚝한 얼굴로 말했다.

"너, 상담실로 오래."

나는 떨리는 마음을 애써 누르고 아무렇지도 않은 듯 물었다.

"나? 왜?"

"몰라."

윤건영이 자기 자리로 가서 앉아 책을 펼쳐 들었다.

수업이 끝나고 상담실로 갔다. 담임은 동네 주민 센터에서 근무하는 공무원처럼 사무적인 표정으로 앉아 있었다. 전학 와서 처음으로 담임과 단둘이 대면하는 셈이었다. 담임은 투명한 피부에 긴 생머리에다 여성스러운 원피스를 즐겨 입는 스타일이다.

"진광민, 어서 와라."

담임이 원탁 앞에 있는 의자를 가리켰다.

담임은 조금은 피곤한 얼굴로 물었다.

"방금 전 이강슬하고 상담했어."

"네."

"왜 널 불렀는지 알겠니?"

담임 입에서 이강슬이라는 이름이 나오자 올 것이 왔구나 싶었다. 분명히 지영이와 이주예와 관계된 일이고 나는 지영이와 친하니까 뭔가 물어볼 말이 있는 거겠지.

나는 긍정도 부정도 하지 않고 묵묵히 앉아 있었다.

담임이 말했다.

"어제 우리 교실에서 일어난 사고에 대해서 물어볼 게 있어."

역시 내 짐작이 맞았다. 지영이와 이주예, 그 둘 사이에 내가 모르는 뭔가가 있다.

"네."

"솔직히 물어볼게. 너 이강슬하고 어떤 사이야?"

담임은 질질 끌 필요 없다는 듯 직설적으로 물었다. 막상 질문을 받고 당황했다.

"네?"

"그래. 툭 터놓고 얘기할게. 이강슬하고 이주예하고 동성애 하는 사이라는 건 너도 알고 있었지?"

"네?"

어렴풋이 짐작을 하고 있을 때와 그것이 확실하게 드러날 때의 기분은 전혀 다르다. 짐작을 하고 있었을 때도 그것을 인정하기가 두려워 겨우 누르고 있었다. 그런데 지금 담임 입에서 나온 동성애라는 단어는 지금까지 내가 누르고 눌렀던 두려움을 한순간에 터트려 버렸다.

담임이 내 얼굴을 빤히 보며 의외라는 듯 물었다.

"몰랐니?"

나는 겨우 대답했다.

"네."

담임 얼굴에 당황한 빛이 역력했다.

"너 이강슬하고 제일 친하잖아. 눈치 못 챘어?"

"네."

생각해 보니 이 상담실에 들어와 내가 한 말이라고는 "네."가 고작이었다. 담임에게는 미안하지만 나는 할 말이 없었다.

"음, 몰랐다는 말을 못 믿겠다. 그동안 이강슬이 한 짓을 생각하면 충분히 너한테도 어떤 행동을 했을 텐데."

빨리 이곳에서 나가 담임에게서 벗어나고 싶다.

담임이 계속 말했다.

"올해 초, 그러니까 1학기 때 우리 교실에서 불미스러운 사건이 있었어. 너도 알아야 할 것 같아서 알려 주는 건데 이강슬하고 이주예하고 학교 안에서, 이건 차마 내 입으로 말할 수가 없구나. 아무튼 그때 두 사람이 함께 있는 장면을 교무부장 선생님한테 들켰어. 우린 아직 어린 학생들이라서 학교에서는 그 일을 비밀로 하기로 했어. 대신 이강슬하고 이주예를 불러 상담을 했지. 두 사람을 떼어 놓으려고 강제 전학까지 시킬 생각이었는데 둘 다 전학을 가지 않겠다고 했어. 아무튼 교장 선생님과 다른 선생님도 모두 알고 있어서 두 사람을 특별 관리 대상에 두고 지속적으로 관리하고 있었어."

아무도 모르는 비밀을 담임은 왜 내게 이렇게 친절히 설명하고 있는 걸까. 도대체 나한테 뭘 원하는 거지?

"다행히 두 사람은 헤어져서 더는 학교에서 풍기문란한 짓을 하지 않았지. 그런데 이주예가 이상해졌어. 참 똑똑하고 공부도 잘하는 학생이었는데 정신적으로 불안한 상태가 되면서 성적도 떨어지고 가끔 이상한 짓도 하고. 너도 알겠지만 이주예는 지금 정상적인 상태가 아냐. 급기야 어제 그런 짓까지 하고. 이게 다 이강슬 때문이라고 우리는 생각하고 있어."

담임은 마치 이주예가 저렇게 된 게 이강슬 탓이라도 되는 것처럼 말하고 있었다. 그래서 뭐 어쩌라고요? 그런 눈빛으로 담임을 빤히 바라보았다. 담임이 내 얼굴을 슬쩍 보더니 당황한 얼굴로 말했다.

"이건 노파심에서 하는 말인데 혹시 이강슬이 너한테도 무슨 짓을 하지 않았는지 걱정돼. 사고는 미리 예방하는 게 좋잖니."

이제야 나를 지켜보고 있는 눈의 정체를 알 것 같았다. 그건 정체 모를 누구도 아니고 이주예도 아닌 바로 담임이었다. 담임은 내가 지영이와 함께 다니는 그 순간부터 나를 예의 주시하고 있었던 거다.

"전 괜찮아요."

겨우 말했다. 괜찮다니, 뭐가 괜찮다는 거지? 사고를 안 당했다는 거? 나는 이주예처럼 되지 않을 거라는 거? 어제 아지트에서 있었던 일이 떠올랐다. 그게 사고였다면 나는 사고를 당하지 않은 거네. 다행이라고 해야 하나? 갑자기 온몸에서 기운이 빠졌다.

담임이 필요 이상으로 고개를 끄덕이며 말했다.

"물론 난 널 믿어. 내가 보기에 넌…… 정상이니까."

담임은 계속 내가 무슨 말을 해 주기를 바라는 눈치였지만 나는 아무 말도 하지 못했다. 도대체 정상은 뭐고 비정상은 뭐지? 정상과 비정상은 누가 나눠 놓은 거지? 지영이는 비정상이고 나는 정상인가? 내가 정상이라면 안심이라도 해야 되는 건가?

속이 울렁거려서 더 앉아 있을 수가 없었다. 온몸이 화끈거렸고 속에서는 계속 구역질이 올라왔다. 이 끔찍한 곳에서 빨리 벗어나고 싶다는 생각밖에 없었다.

담임은 이번 일은 전교생이 다 알게 됐고 교장 선생님도 노발대발해서 쉽게 넘어갈 것 같지 않다고 했다. 그리고 이강슬이 이상한 짓을 하려고 하면 즉시 자신에게 알리라는 말을 마지막으로 하고 나를 놓아주었다. 상담실에서 나오는데 다리가 후들거려 주저앉을 뻔했다.

## 엄마와의 전쟁은 늘 시시하게 끝났다.

우리는 평생 전쟁을 하고 휴전을 했다. 하지만 영감과는 도저히 풀어질 수가 없다. 영감에게 대든 이후 영감과는 더 서먹서먹한 사이가 되어 버렸다. 차라리 잘된 일인지도 모른다. 어줍지 않게 가족 코스프레를 하느니 차라리 냉랭한 타인처럼 지내는 게 낫다.

엄마는 이제 나를 보고 웃지 않는다. 나를 보는 시선이 아주 싸늘하다. 완전히 영감 편이 되어 버린 것 같다.

마음대로 하라지.

물론 그날 내가 영감과 엄마한테 못되게 군 것을 후회하고 있다. 다음 날 깨어 보니 내 방은 엉망진창이었다. 조금만 참을걸. 하지만 그 순간에는 나도 모르게 일을 저질러 버렸다. 감정이 내 마음대로 안 됐다. 핑계 같지만 나도 내 감정을 조절하지 못할 때가 있다. 호르몬이 과다 분비된 탓이겠지.

요즘 영감은 아침 식사 시간에도 방에서 나오지 않았다. 오늘도 하루 종일 방에 틀어박혀 있을 모양이다. 아침마다 엄마는 식사를 영감 방으로 해 날랐다. 삐쳤나? 어른이 그깟 일로 삐치다니 속도 좁지. 이제부터 좁쌀영감이라고 불러 버릴까?

토요일이라 늦잠을 자고 아래층으로 내려갔을 때 엄마가 말없이 점심을 차렸다. 밥이 한 그릇 뿐이다.

"왜 밥이 한 그릇이야? 엄마는."

엄마가 내 얼굴을 보지도 않고 퉁명스럽게 말했다.

"난 밥맛이 없어. 너 혼자 먹어."

혼자 6인용 식탁을 독차지했다. 평소 영감 앞에만 놓여 있던 맛있는 반찬들도 내 앞에 가득하다. 영감과 엄마 눈치 보느라 못 집어먹던 불고기와 구운 생선이 다 내 거였지만 이상하게 밥맛이 없었다.

셋이서 먹을 때는 불편하긴 했어도 밥맛은 있었다. 하지만 지금은 마음은 편하지만 대신 밥맛이 없다. 엄마라도 함께 먹으면 좋겠는데 엄마의 신경은 온통 영감에게 가 있다.

혼자 밥을 먹고 있는데 영감이 방에서 불쑥 나왔다. 놀라서 나도 모르게 의자에서 벌떡 일어났다.

영감의 안색은 창백했다. 몸도 며칠 전보다 훨씬 마른 것 같았고, 걸을 때도 힘없이 휘청거렸다.

엄마가 재빨리 영감 옆으로 달려갔다.

"뭐 필요한 거 있으세요?"

"오늘은 낚시나 가야겠네."

"선생님, 괜찮으시겠어요?"

영감이 엄마 말을 무시하고 나한테 물었다.

"같이 갈 테냐?"

하마터면 씹고 있던 밥알을 뿜을 뻔했다. 지금 저 영감이 뭐라는 거야? 나하고 같이 낚시를 가자고? 며칠 방 안에 틀어박혀 있더니 머리가 어떻게 된 거 아냐? 설마 내가 같이 갈 거라고 생각한 건가?

엄마가 재빨리 말했다.

"어머, 그게 좋겠네요. 광민아, 낚시 한 번도 안 해 봤지? 가서 선생님한테 낚시 하는 법 좀 배워 봐. 응?"

바로 몇 분 전까지 나한테 얼음짱처럼 싸늘하게 굴더니 다정하게 돌변한 저 말투라니. 어이가 없어 대꾸도 못하고 있는데 영감이 엄마에게 말했다.

"낚시 도구 좀 챙겨 주게."

엄마가 낚시 도구를 넣어 두는 창고로 갔다. 꼼짝없이 낚이고 말았다. 세상에, 낚시라니.

파라솔 아래 자리를 잡았다.

가까이에서 본 저수지는 넓고 물이 깊어 보였다. 지금 내가 뭐 하고 있는지 모르는 상태에서 멍하니 저수지를 바라보았다.

영감은 자기 낚싯대에 미끼를 끼우고 내 낚싯대에도 미끼를 끼워 주었다.

"멀리 낚싯대를 던지고 가만히 앉아서 오직 찌만 보고 있어라. 낚싯대에 신호가 오면 고기가 문 거니까 재빨리 들어올리고."

영감이 이렇게 길게 얘기한 건 처음이었다. 목소리는 작고 쉰 소리가 났지만 한 마디 한 마디에 힘이 있었다.

영감이 시키는 대로 낚시 의자에 앉아 저 멀리 물속에 반쯤 잠겨 있는 찌를 노려보고 있었다.

삼십 분? 한 시간? 얼마나 지났는지 모르겠다. 낚싯대에 신호는 오지 않았고 찌도 움직이지 않았다. 나는 좀이 쑤셔 미칠 것 같았지만 영감은 정지된 화면처럼 꼼짝도 하지 않고 앉아 있었다. 몇 번이나 일어나려고 했지만 작은 낚시 의자는 지금은 일어날 타이밍이 아니라고 말하듯 내 엉덩이를 놓아주지 않았다.

이렇게 시시하고 재미없고 지루한 낚시를 왜 하는지 모르겠다. 난 여기 왜 끌려온 거야? 내 신세가 정말 처량하다. 아니, 차라리 잘된 건지도 몰라. 집에 하루 종일 있었으면 잡생각만 하고 있을 텐데.

담임과 상담을 한 후 줄곧 머릿속이 복잡했다. 지영이를 처음 만나던 날, 마치 오랜 친구처럼 나에게 말을 걸며 갓 태어난 아기 새를 보여 주던 그 모습. 아무에게도 보여 주지 않았다며 데리고 간 아지트. 그곳에서 보낸 즐거웠던 시간, 그리고 첫 키스……. 딱 거기까지만. 그 뒤의 일은 떠올리기도 싫다. 앞으로 지영이와의 관계는 어떻게 될까? 내가 자기랑 같은 과가 아니라면 나를 떠나 버릴려나? 도대체 지영이가 원하는 게 뭘까?

머릿속이 또다시 벌집을 쑤셔 놓은 것처럼 복잡해졌다.

아아, 낚시나 하자.

영감의 시선을 따라 물속에 반쯤 잠겨 있는 찌를 노려보았다. 모든 신경이 찌에게 모아졌다. 그러자 거짓말처럼 잡생각이 없어지면서 오직 찌에만 정신이 집중됐다.

어느 순간 낚싯대 손잡이에 파르르 떨리는 느낌이 왔고 찌가 가볍게 흔들렸다.

나도 모르게 흥분해서 소리쳤다.

"왔어요."

영감이 찌를 보며 말했다.

"들어올려."

그 말과 동시에 낚싯대를 들었다. 낚싯대는 무거웠다. 찌에 큰 게 물려 있었다. 분명히 물고기였다. 아니, 그건 물고기가 아니라 크기는 작았지만 사진 속에서 봤던 상어였다. 이런 저수지에 상어가 살고 있었다니. 내 눈으로 보고도 도저히 믿을 수 없었다.

영감이 익숙한 솜씨로 낚시 바늘에서 상어를 빼냈다. 내 눈을 의심하며 흥분된 상태로 상어를 내려다보고 있는데, 영감이 바닥에서 팔딱거리고 있는 상어를 들여다보며 혀를 끌끌 찼다.

"이 녀석, 또 물었네. 넌 누굴 닮아 그렇게 말을 안 듣는 거냐? 지난번에 잡혔을 때 내가 분명히 다음에는 잡히지 말라고 했을 텐데. 쯧쯧."

이곳에 온 첫날 영감이 저수지에서 상어를 잡았다고 했을 때 뻥이라고 생각했다. 상어는 넓은 바다에서 사는 동물이지 이런 저수지에서 사는 동물이 아니다. 그런데 영감 말이 사실이었다. 그리고 영감은 지금 그때 잡았던 상어가 이 상어인 것처럼 말하고 있다. 어디까지 믿어야 할지 난감해 하고 있는데 영감이 물었다.

"어떻게 할까?"

"네?"

"이놈을 잡은 건 너니까, 네가 이놈을 어떻게 할지 결정해라."

상어가 입을 뻐끔거리며 눈알을 굴렸다. 그 눈과 입은 제발 살려 달라고 애원하는 것 같았다.

내가 말했다.

"놔줘요."

영감이 상어를 들여다보며 말했다.

"누나한테 고맙다고 하고 다신 잡히지 마라."

누나? 지금 저 영감이 누나라고 했나? 어딜 봐서 내가 상어 누나야? 나 상어 동생 둔 적 없거든요. 하지만 이상하게 누나라는 호칭이 기분 나쁘지 않았다. 아, 동생이 있다는 게 이런 기분이었구나. 하지만 상어 동생이라면 사양하고 싶다.

팔딱거리고 있는 상어가 무서웠다. 살아 있는 모든 동물은 다 무섭다. 나는 상어에게서 한걸음 물러섰다.

영감이 재촉했다.

"얼른 놔줘라."

조심스럽게 상어를 만졌다. 미끌미끌한 감촉이 느껴졌다. 이번에는 용기를 내서 상어를 두 손으로 가만히 감싸쥐었다. 상어는 잠시 팔딱이다가 조용해졌다. 한 손으로는 상어 몸통을 잡고 한 손으로는 상어 꼬리를 잡았다. 상어가 힘차게 꼬리를 흔들었다. 손 안에서 상어 꼬리의 싱싱한 파닥거림이 느껴졌다. 그것은 살고 싶어 하는 상어의 절규처럼 느껴졌다.

상어를 물속에 살며시 놓았다. 상어는 재빨리 초록색 물속으로 사라졌다. 그리고 잠시 후 물 위에 일었던 파문도 사라졌다.

영감이 떡밥을 주물럭거려 동그랗게 만 뒤 낚시 바늘에 끼웠다. 그러고는 낚싯줄을 저수지에 던진 뒤 나에게 손잡이를 내밀었다.

"이번에는 숭어 한 마리 낚아 보렴."

나는 얼떨결에 낚싯대를 받아들었다. 이번에도 찌를 노려보았다. 역시 잡념이 사라지면서 오로지 찌에만 정신이 집중됐다.

영감과 함께 있는 게 어색했지만 아까부터 궁금했던 걸 물었다.

"낚시는 왜 해요? 도로 놔줄걸."

이번에는 영감이 나한테 물었다.

"넌 왜 상어를 놔주라고 했냐?"

"그야 뭐……."

솔직히 상어가 불쌍했다. 물에 사는 물고기는 물 밖으로 나오면 얼마 안 있어 죽는다. 마치 인간이 숨을 참고 있는 것과 같은 이치다. 숨을 못 쉬는 게 얼마나 괴로운지 상어가 되어 보지 않아도 충분히 알 수 있다. 하지만 낚시가 유일한 취미인 영감은 다른 이유가 있을 것 같았다.

영감이 말했다.

"자유 의지 때문이지."

"……."

영감이 계속 말했다.

"저 상어는 여기 저수지에 있는 여러 낚싯대 중에서 하필이면 네 낚싯대를 선택했어. 그건 저 상어의 자유 의지이지. 상어를 살려 준 건 네 자유 의지였고. 그러니 상어와 너 사이에는 상호 간에 자유 의지가 있는 거 아니겠니?"

알 것도 같고 모를 것도 같다. 그렇다면 영감이 나한테 상어를 어떻게 할지 결정하라고 물은 것도 영감이 내 자유 의지를 존중해 준 셈인가?

영감이 계속 말했다.

"두 번이나 죽었다 살아난 상어는 앞으로 세 번째 잘못을 저지르지는 않을 거다. 다른 물고기도 마찬가지일 거고. 나는 물고기들에게 자유 의지가 얼마나 위험한지, 그 위험한 일을 선택했을 때 어떤 책임을 져야 할지 알게 해 주고 싶었다. 또 내 자유 의지가 한 목숨을 살릴 수도 있고 죽일 수도 있다는 걸 깨닫기 위해서다. 그게 내가 낚시를 하는 이유지."

영감의 목소리에서 쇳소리가 났다.

물고기들을 가르치려 들다니 무모한 거야, 아니면 내가 모르는 고차원의 사상이 있는 거야? 어쨌든 영감이 이렇게 길게 말을 하고 있다는 게 믿어지지 않았다. 영감 말을 순한 양처럼 듣고 있는 나 자신도 믿을 수 없었다.

"한 번 죽을 문턱까지 갔다가 살아난 저 물고기는 두 번째 미끼를 무는 어리석은 짓은 하지 않겠지. 네 미끼를 문 상어 녀석 아마 이번에는 정신을 똑바로 차렸을 거다."

나는 저수지 물속을 들여다보았다. 물속에서 물고기 한 마리가 빠르게 헤엄쳐 가는 게 보였다. 영감의 말은 물고기에게도 생각이 있다는 것을 전제로 한 말이다. 하지만 물고기에게 생각이라는 게 있을까?

생각이라는 건 인간들만의 전유물 아닌가? 아니, 그건 인간의 오만한 착각일 수도 있다. 나무에도, 물에도, 공기를 가르는 바람에도, 어쩌면 모든 만물이 다 생각이라는 것을 갖고 있을지도 모른다. 만약 생각이라는 것을 가지고 있다면 그것들은 영감의 말대로 자유 의지를 가지고 있을 수도 있겠지. 나무가 어디로 가지를 뻗을지, 풀이 어느 방향으로 흔들릴지, 바람이 어디로 불지, 그것들은 모두 자신들의 의지대로 뻗고, 흔들리고, 부는 거 아닐까? 아니, 나무는 바람이나 햇빛의 의지대로 가지를 뻗고 바람은 다른 모든 기후의 의지대로 흘러간다. 그렇다면 인간은 자유 의지대로 살 수 있을까? 지금까지 내 삶은 내 자유 의지로 살았다고 할 수 없다. 엄마를 포함한 타인의 의지대로(타인의 의지도 과연 그들의 의지일까?) 끌려온 삶이었다. 이제는 내 자유 의지대로 사는 삶을 살고 싶다. 내 자유 의지대로 어리석은 선택을 할 수도 있고 현명한 선택을 할 수도 있다. 어리석은 선택을 한다면 나는 내 선택에 책임을 져야 한다.

낚시를 하며 생각이 많아졌다. 내가 영감과 낚시를 하고 영감의 말을 듣는 날이 오다니. 믿어지지 않았지만 나쁘지 않았다. 어쩌면 영감은 내가 생각하고 있는 것보다 괜찮은 사람일지도 모른다는 생각을 잠깐 했다. 그리고 어쩐지 오늘이 영감과 함께 보내는 처음이자 마지막 시간이 될지도 모른다는 예감이 들었다. 영감의 표정은 모든 것을 정리한 사람처럼 편안해 보였다.

영감이 낚싯대를 챙겼다.

"오늘은 그만 하자."

나는 낚시 도구 정리를 도운 뒤 영감의 낚시 가방까지 들고 저수지에서 올라왔다.

둑을 올라오다 영감은 숨이 차오르는지 몇 번이나 서서 쉬었다. 영감이 쉴 때마다 나는 저수지를 바라보았다. 두 번이나 죽을 운명이었지만 살아난 운 좋은 상어가 헤엄치고 있는 저수지. 가끔 물위로 톡톡 물고기들이 튀어올랐다.

## 저녁 식사 시간은

다른 날과 달랐다. 달라진 건 아무것도 없었다. 영감 앞에 맛있는 반찬이 집중돼 있고 나는 여전히 영감에게서 멀리 떨어져 앉았다. 엄마는 이제 나 같은 건 아예 포기한 사람처럼 내게는 신경조차 쓰지 않았다.

나는 팔을 뻗어 반찬을 집으려다가 자리에서 일어났다. 영감과 엄마가 놀란 얼굴로 나를 올려다보았다.

영감 옆자리로 가서 앉았다. 반찬이 내 눈 앞에 있다는 게 믿어지지 않았다. 왼손으로 젓가락을 들고 반찬을 집었다. 오른손을 사용할 때와는 다르게 잘 잡혔다. 신세계가 따로 없었다.

말없이 밥을 먹고 있는데 정수리에서 엄마의 따가운 눈빛이 느껴졌다. 웬일이야? 해가 서쪽에서 뜨겠네. 이제 내 정수리까지도 엄마의 눈빛을 읽을 수 있게 된 건가? 나는 고개를 들지 않고 묵묵히 밥을 먹었다.

엄마가 영감에게 말했다.

"선생님, 오늘도 물고기 많이 잡으셨어요? 빈손으로 오신 거 보니 다 놔주셨나 봐요."

정수리로 듣는 엄마의 목소리는 살짝 들떠 있었다. 내가 영감과 낚시를 갈 때부터 엄마는 들떠 있었다.

"광민이가 놔줬지."

영감 입에서 내 이름이 나오자 나도 모르게 고개를 번쩍 들고 말았다. 마침 나를 쳐다보던 엄마와 눈이 마주쳤다. 엄마는 당황한 얼굴로 재빨리 영감에게 고개를 돌렸다.

"어머나, 정말요?"

영감이 내 얼굴을 봤다. 그렇지? 영감이 나에게 눈으로 묻고 있는 것 같았다. 나는 말없이 밥을 먹었다.

밥맛이 없는지 영감은 거의 음식에 손을 대지 않았다. 얼굴은 낮보다 더 창백했다. 엄마가 누룽지까지 끓여 왔지만 한 술도 뜨지 못하고 방으로 들어가 버렸다.

엄마에게 영감 방을 눈으로 가리키며 물었다.

"어디 아파?"

엄마의 얼굴이 굳어졌다.

엄마는 말없이 상을 치웠다. 왠지 그대로 올라가면 안 될 거 같아서 주방에서 얼쩡거리고 있는데 엄마가 설거지를 하다 말고 물었다.

"아까 낚시터에서 선생님이 무슨 말 안 했어?"

"무슨 말?"

"그냥. 아무 말이라도."

엄마가 알고 싶은 게 뭔지 모르겠지만 엄마가 원하는 대답은 얻지 못할 거라는 사실은 확실했다.

"별말 안 했는데 왜?"

엄마 얼굴이 실망으로 가득했다. 뭘 기대하고 있었던 거지?

"자유 의지에 대해서 말했는데 난 아직도 모르겠어."

엄마 눈이 반짝 빛났다.

"자유 의지?"

"응."

엄마가 설거지를 하다 말고 젖은 손으로 내 손을 끌고 식탁 의자에 앉혔다.

"좀 더 자세히 말해 봐."

나는 대충 생각나는 대로 낚시터에서 영감이 했던 말을 엄마에게 전했다. 엄마는 호기심에 가득 찬 눈빛으로 내 얘기를 들었다. 그러고는 엄마 얘기가 나오지 않자 실망한 얼굴로 자리에서 일어났다.

"그래, 선생님하고 좋은 시간 보냈구나."

나는 엄마 등에 대고 물었다.

"엄마, 영감 좋아해?"

엄마가 놀란 얼굴로 뒤를 돌아보았다.

"무슨 말이야 그게?"

"영감한테 특별한 감정이 있는 것처럼 보여."

엄마 얼굴에 당황한 기색이 역력했다. 영감 방을 힐끔 보더니 작은 목소리로 말했다.

"얘는, 못하는 소리가 없어. 얼른 네 방으로 올라가."

내 예감이 틀리지 않았다면 엄마는 영감에게 특별한 감정을 갖고 있는 게 분명하다. 지금까지 지켜본 정황상 그렇다. 처음에는 말도 안 되는 나의 망상이라고 생각했는데 이제 조금씩 의심이 들기 시작한다. 도대체 두 사람은 어떤 관계일까? 두 사람 사이에 내가 모르는 뭔가가 있는 게 분명해. 그게 뭘까?

엄마는 돌아서서 다시 설거지를 하기 시작했다. 등이 외롭고 쓸쓸해 보였다.

그 등에 대고 물었다.

"엄마는 안 궁금해?"

엄마가 또 뒤를 돌아보았다. 등만큼이나 외롭고 쓸쓸한 표정으로.

나는 잔인한 비수를 꽂듯 말했다.

"내 학교생활."

이곳으로 온 뒤 엄마는 나에게 관심을 끊었다. 내가 어떤 생각을 하고 있는지, 학교는 잘 다니는지, 친구는 사귀었는지 묻지 않았다. 이곳에 오기 전에는 이러지 않았다. 나를 볼 때마다 미안한 표정이었고 자주 내 기분 상태를 물었다. 그때는 엄마에게 내가 전부였다고 생각했는데 이제 엄마에게는 영감이 전부인 것처럼 느껴진다.

엄마가 건성으로 물었다.

"잘 다니니?"

그 말에 기분이 확 나빠졌다. 나는 대답도 하지 않고 일어나 내 방으로 올라가 버렸다. 엄마가 나를 떠난 건지 내가 엄마를 떠난 건지 알 수 없지만, 한 가지 분명한 건 우리 사이에는 이제 돌이킬 수 없는 거리가 생겼다는 거다.

## 건전한 풍토를 마련하기 위한 설문지.

담임이 조회 시간에 설문지를 나눠 줬다. 설문지는 A4 용지 한 장이었는데 4개의 문항이 적혀 있었다.

지영이는 굳은 얼굴로 설문지를 읽고 있었다. 오늘 아침 정류장에서 내내 기다렸지만 지영이는 오지 않았다. 학교에 도착해 보니 이미 자리에 앉아 있었다. 지영이가 너무 심각한 얼굴로 앉아 있어서 아침 인사도 할 수 없었다. 아지트에서 그 일이 있은 후 나를 대하는 지영이의 태도는 냉랭하다 못해 무관심에 가까웠다.

우리 사이에는 어색한 기류가 흘렀다. 그것이 단순히 내가 레즈비언이 아니어서 지영이의 제안을 거부했기 때문인지 나로서는 알 수 없었다. 그렇다고 대놓고 물어볼 수도 없는 일이었다. 지영이와 나 사이는 적어도 내가 약자였다. 왠지 모르지만 그런 생각이 들었다.

반 아이들은 설문지를 받아들고 '에이' 하고 야유를 보냈다. 담임은 그 소리를 무시하고 말했다.

"이 설문지는 교장 선생님이 특별히 지시한 거니까 한 사람도 빠짐없이 작성하도록."

지영이는 설문지를 뒤집어 놓고 책상 위에 엎드렸다.

설문지에는 이름을 적는 난이 없었다. 설문지라는 게 원래 자발적으로 참여하는 거니까 굳이 작성하지 않아도 된다. 하지만 담임은 매의 눈으로 우리를 감시했다.

나는 설문지 문항을 읽어 보았다.

1. 동성애에 대한 당신의 생각은 어떻습니까?

① 해서는 안 된다고 생각한다.

② 해도 된다고 생각한다.

③ 모르겠다.

나는 3번에 동그라미를 쳤다. 모르겠다가 내 대답이다. 전에는 해도 된다고 생각하는 쪽이었는데 이제는 정말 모르겠다.

2. 우리 학교에도 동성애가 있다고 생각합니까?

① 있다 ② 없다 ③ 모르겠다.

이번에도 3번에 동그라미를 쳤다. 담임은 지영이와 이주예가 동성애를 했다고 말했지만 나는 아직 지영이가 동성애자인지 아닌지 모르겠다. 지영이가 나한테 했던 행동도 동성애인지 아닌지 아직은 모르겠다.

3. 있다고 생각한다면 몇 학년이 가장 많다고 생각합니까?

① 1학년 ② 2학년 ③ 3학년

이 문항은 동성애가 있다고 가정한 질문이라서 아무 표시도 하지 않았다. 문제는 4번째 질문이었다.

4. 동성애 학생을 학교에서 어떻게 처리해야 한다고 생각합니까?

이 질문은 객관식이 아니라 주관식이었다. 답을 적을 공간이 용지의 반이나 차지했다.

'처리'라는 단어가 '쓰레기'라는 단어를 떠올리게 했다. 학교에서는 동성애를 분리수거를 해야 하는 쓰레기쯤으로 생각하는 듯한 질문이었다.

아이들은 열심히 뭔가를 적고 있었고 지영이는 여전히 책상에 엎드린 채 꼼짝도 하지 않았다. 담임이 지나가다가 지영이를 힐끔 내려다보더니 고개를 절래절래 저었다.

나는 4번 문항에 간단하게 적었다.

모르겠다.

그러니까 내 대답은 4문항 모두 '모르겠다.'이다. 그게 내가 적을 수 있는 정답이다.

담임이 설문지를 걷었다. 지영이 자리까지 온 담임이 엎드려 있는 지영이를 불쾌한 기색으로 내려다보며 말했다.

"이강슬, 지금 자는 시간이니?"

엎드려 있던 지영이가 얼굴을 번쩍 들었다. 얼굴이 부스스했다.

담임이 지영이 설문지를 집어 들며 얼굴을 찡그렸다.

"넌 왜 안 적었니?"

지영이가 졸린 얼굴로 대답했다.

"하기 싫어서요."

담임이 한숨을 푹 내쉬더니 내 옆을 지나가며 말했다.

"진광민, 잠깐 나 좀 보자."

나는 담임을 따라 복도로 나갔다.

"수업 끝나고 이주예가 입원해 있는 병원에 가 봐라. 널 꼭 만나고 싶어 한다고 이주예 엄마한테 연락이 왔어."

가슴이 철렁 내려앉았다. 담임이 지영이에게는 말하지 말라고 당부했기 때문에 교실에 들어와서 아무 말도 하지 않았다. 지영이도 왜 담임이 불렀는지 묻지 않았다.

하루 종일 교실 분위기는 어수선했다. 오후에는 전 학년이 강당에 모여 교장 선생님의 특별 훈화 말씀을 들었다. 교장 선생님은 요즘 우리 학교에 건전하지 못한 성에 대한 상식을 갖고 있는 학생들이 있다며 '우리가 가져야 할 바람직한 성의식'에 대해 일장 연설을 했다.

정년 퇴임을 앞둔 교장 선생님의 훈화 말씀을 제대로 듣는 아이는 거의 없었다. 졸거나 장난을 치고 휴대 전화 게임을 하거나 멍 때리는 아이들이 대부분이었다.

교장 선생님은 확신에 가득 찬 어조로 말했다.

"여러분은 아직 어린 학생이라서 동성의 친구에게 이성의 감정을 느낄 수도 있습니다. 하지만 그것이 동성애는 아닙니다. 단순히 좋아하는 감정만 가지고 동성애라고 할 수 없습니다. 동성애는 동성 사이에 성적인 쾌락을 느끼는 욕망이 있는 것입니다. 인간은 여자와 남자가 만나 사랑을 해야 정상입니다. 하느님이 그렇게 만들었습니다. 동성애는 사랑이 아닙니다. 악마가 만들어 낸 추악하고 더러운 행위입니다."

교장 선생님의 발언 수위는 점점 높아졌다. 그 말에 귀를 기울이는 아이들은 몇 명 없었다. 다들 표시 안 나게 다른 짓을 하고 있었다.

나는 공책에 낙서를 했다. 교장 선생님의 훈화에 내 나름의 방식으로 대답했다. 이를 테면 이런 식이었다.

아니오. 그렇지 않습니다.
난 그렇게 생각하지 않습니다.
모든 만물에는 자유 의지가 있습니다.

적어 놓고 보니 교장 선생님의 말에 사사건건 반대를 하는 꼴이었다.

지영이는 빨간색 볼펜으로 공책에 그림을 그리고 있었다. 머리가 길고 예쁘게 생긴 여자 그림이었다. 어딘지 모르게 이주예와 많이 비슷했다. 뭐지, 저 심리는? 이제 나를 안 보겠다는 건가? 이주예를 생각하고 있는 건가?

교장 선생님이 계속 말했다.

"여러분은 지금 건전한 정신을 가져야 할 학생입니다. 단순한 호기심 때문에 동성애에 빠진다면 남자의 경우에는 에이즈에 걸려 죽을 수도 있습니다. 여자는 좋은 남자를 만나 아름다운 가정을 꾸려야 하는데 동성애를 하게 되면, 평생 씻을 수 없는 악의 굴레에 빠져 비참한 생활을 하게 될 것입니다."

나는 귀를 닫아 버리고 더는 교장 선생님의 외계어를 듣지 않았다.

지영이는 여자 얼굴에 빨간색으로 눈물을 그렸다. 뚝뚝뚝 피눈물이 여자 얼굴에서 떨어져 내렸다. 그렇게 떨어진 피눈물은 바닥에 흥건히 고였다. 지영이가 신경질적으로 그림 위에 빗금을 쳐 댔다. 이제 여자 얼굴은 빨간 빗금에 가려져 보이지 않았다.

병원 가는 길에 윤건영이 따라왔다.

교문을 나서서 이어폰을 귀에 꽂은 채 고개를 숙이고 걷는데 뒤에서 누가 내 어깨를 툭 쳤다. 돌아보니 놀랍게도 윤건영이었다. 놀라서 이어폰을 귀에 꽂은 채 멍하게 서 있는데 윤건영이 뭐라고 말했다. 음악 소리가 너무 커서 하나도 들리지 않았다. 그제야 이어폰을 뺐다.

"담임이 나도 같이 갔다 오래."

"그래?"

무심한 듯 대답했지만 내 심장은 미친 것처럼 뛰었다.

윤건영과 나란히 서서 버스를 기다렸다. 윤건영은 한 마디도 하지 않았고 나는 이어폰을 꽂은 채 음악을 듣고 서 있었다. 이어폰으로 흘러나오는 음악은 딥 퍼플의 〈하이웨이 스타 Highway Star〉. 빠른 비트의 신나는 곡이다. 머릿속이 복잡하고 마음이 심란할 때 들으면 아무 생각도 할 수 없어 자주 듣는 음악.

버스 뒷자리에 윤건영과 나란히 앉았다. 남자애와 나란히 앉아 있는 건 처음이라 어색해서 죽을 것 같았다. 음악을 들으며 어색함을 지우려 애썼다. 딥 퍼플의 음악이 끝나고 블랙 사바스가 노래를 시작했다.

눈을 감고 음악 속에 빠지려고 했지만 음악이 귀에 들어오지 않았다. 옆에 앉아 있는 윤건영이 의식돼 제대로 들을 수가 없었다. 윤건영이 내 어깨를 툭 쳤다. 눈을 떠 보니 진지한 표정으로 내 귀에 꽂혀 있는 이어폰을 보고 있었다. 이어폰 한쪽을 빼자 윤건영의 말소리가 들렸다.

"뭘 그렇게 열심히 듣냐?"

대수롭지 않다는 표정을 지으려고 애썼지만 내 뺨이 파르르 떨리는 게 느껴졌다.

"헤비 메탈."

"헤비 메탈?"

윤건영이 놀랍다는 듯 물었다.

"응."

그렇게 대답하고 이어폰을 다시 귀에 꽂으려는데 윤건영이 물었다.

"나도 좀 들어봐도 되냐?"

이럴 때는 어떻게 해야 되지? 한쪽을 건네주어야 하나? 그럼 그림이 이상해지는데.

그런데 내가 대답을 하기 전에 윤건영이 이어폰을 가져가 자기 귀에 꽂아 버렸다. 잠자코 음악을 듣고 있던 윤건영의 얼굴이 확 밝아졌다.

"아, 블랙 사바스!"

윤건영이 블랙 사바스를 알다니 놀라웠다. 이 세상에서 나만 알고 있을 것 같은 전설의 헤비 메탈 그룹인데.

"알아?"

윤건영이 음악에 맞춰 고개를 까딱까딱하고 다리를 들썩거리며 말했다.

"당근. 완전 좋아해. 또 뭐 있어?"

헤비 메탈을 좋아하는 중딩이라니. 그것도 윤건영. 왠지 동지를 만난 것 같은 이 반가움은 또 뭐지?

내 휴대 전화에는 주다스 프리스트, 메탈리카, 오아시스, 뮤즈, 레드 제플린, 딥 퍼플, AC/DC, 건즈 앤 로지스, 본 조비, 유투 등이 가득 저장돼 있다. 이 음악들도 윤건영이 알까?

윤건영이 물었다.

"넌 언제부터 록을 들었어? 왜 좋아하게 된 거야?"

평소의 차도남 이미지와는 다르게 완전히 들뜬 표정이다.

"몰라. 그냥 어느 날부터 듣게 됐어."

윤건영이 신나서 떠들어 댔다.

"난 중학교 1학년 때 처음 듣게 된 음악이 메탈리카였어. 형이 좋아하던 그룹이었지. 그 음악을 듣는 순간 레알 신세계를 발견한 기분이랄까? 형한테 헤비 메탈 듣는 법을 배웠지."

"헤비 메탈 듣는 법?"

"메탈이란 게 처음 들을 땐 꽤 시끄럽잖아. 처음 메탈에 입문할 때

요령이 있어. 일단 유명한 곡을 한 곡 정해서 듣되 한 악기 소리만 집중해서 듣는 거야. 일단 가장 듣기 쉬운 악기는 드럼이니까 드럼 소리만 계속 듣는 거지. 그 다음에는 처음으로 돌려서 베이스 소리만 듣는 거야. 그 다음에는 기타. 만약 기타가 두 대라면 각각의 기타 소리를 구분할 때까지 반복해서 들어. 몇십 번 반복해서 듣고 난 뒤에는 한 가지 소리에 집중하느라 긴장했던 귀를 열고, 보컬의 소리와 각 악기의 소리가 어울려서 나는 소리를 들어보는 거지. 이렇게 한 곡을 수십 번 듣다 보면 처음에는 소음으로만 들리던 음악이 각각의 악기와 사람 목소리가 합쳐져서 만들어 낸 음악으로 들리게 되는 거야. 그때서야 헤비 메탈에 제대로 입문하게 되는 거지. 참, 내가 뻰데기 앞에서 주름 잡았나? 이거 되게 민망하네."

윤건영이 이렇게 말이 많은 애였나? 쉴 새 없이 말을 하는 윤건영에게 놀랐고 헤비 메탈을 듣는 기본기까지 알고 있어 더 놀랐다. 나는 헤비 메탈을 그냥 듣기만 했지 저렇게 철저하게 분석하며 듣지는 않았다.

윤건영이 이어폰을 꽂았다. 블랙 사바스의 〈패러노이드 Paranoid〉가 흘러나왔다. 편집증이란 뜻으로 내가 좋아하는 곡 중 하나다.

달리는 버스 안에서 내가 좋아하는 음악을 윤건영과 듣게 되리라고는 상상도 못했다. 음악을 함께 나눠 듣는 느낌은, 그러니까 헤비 메탈만큼이나 나를 흥분시켰고 심지어는 황홀하게 만들었다.

음악이 영원히 멈추지 말기를, 버스가 영원히 달리기를……. 그런 말도 안 되는 상상을 아주 잠깐 했다. 하지만 버스는 곧 멈췄고 음악은 끝났다.

버스에서 내리자 병원이 바로 코앞에 보였다. 윤건영은 버스에서 내리자 다시 예전의 차갑고 무뚝뚝한 표정으로 되돌아갔다.

병원 안으로 따라 들어오는 윤건영에게 말했다.

"넌 밖에서 기다려. 나 혼자 갔다 올게."

윤건영이 고개를 끄덕였다.

"알았어. 선생님도 병원까지만 같이 가라고 했지 병실까지 갔다 오라는 말씀은 안 했어. 병실은 705호야. 여기서 기다릴게."

윤건영은 로비에 있는 의자에 앉았다. 나는 엘리베이터를 타고 7층에 있는 병실로 올라갔다.

## 이주예는 차분했다.

학교에서는 불안하고 초조해 보였는데 의외로 침착한 모습이어서 놀랐다. 다만 며칠 사이에 얼굴이 수척해 보였다.

이주예가 병실 안으로 들어서는 나에게 말했다.

"왔니? 여기 앉아."

1인실 병실에는 이주예 말고 아무도 없었다.

나는 이주예가 가리킨 보조 의자에 앉았다. 이주예는 오렌지 주스병을 들어 컵에 따랐다. 탁자 위에는 과자가 담긴 접시와 오렌지 주스병, 컵 두 개가 세팅되어 있었다. 이주예는 머리를 단정하게 묶고 침대 위에 얌전히 앉아 있었다. 마치 귀한 손님을 기다리고 있었다는 듯.

"와 줘서 고마워. 자, 마셔."

주스를 내미는 이주예 팔목에 붕대가 감겨 있었다. 며칠 전 이주예 팔목에서 뚝뚝 떨어지던 핏방울이 생각나 등골이 오싹해졌다.

주스를 한 모금 마셨다. 달짝지근한 오렌지 주스가 목구멍으로 겨우 넘어갔다. 마치 시한폭탄을 앞에 두고 있는 것처럼 불안했다. 왜 나를 불렀지? 혹시 나한테 무슨 짓을 하려고 하는 건 아니겠지? 주위를 둘러보니 흉기가 될 만한 건 없었다. 그래도 경계심을 풀 수 없어서 긴장되었다.

이주예는 창백한 얼굴로 말없이 창밖을 내다보고 있었다. 핏기 없이 새하얀 이주예 얼굴은 감탄이 나올 만큼 예뻤다.

"솔직히 말할게. 내가 널 보자고 한 건……."

이주예가 고개를 돌려 나를 쳐다보았다. 그 얼굴을 똑바로 쳐다볼 수가 없어 시선을 피했다.

"이강슬에 대해서 할 말이 있어서야."

물론 짐작하고 있었다. 지영이 일이 아니면 이주예가 나를 병실까지 부를 이유가 전혀 없지. 그런데 무슨 말을 하려는 걸까?

이주예가 말했다.

"우린 부부였어."

"뭐?"

갑작스러운 말에 할 말을 잃고 말았다. 부부였다고? 그게 지금 말이 되나? 담임이 이주예 정신 상태가 불안정하다더니 정말 머리가 어떻게 된 거 아냐. 이대로 듣고 있어야 하나? 머릿속이 혼란스러웠다.

이주예가 계속 말했다.

"넌 지금 내가 미쳤다고 생각하겠지? 하지만 사실이야. 우린 비밀스러운 식도 치뤘어. 물론 법적으로 정식 혼인 관계는 아니지만 평생을 함께 하기로 맹세한 사이야."

"솔직히 난 네가 무슨 말을 하는지 모르겠어."

겨우 그 말밖에는 할 수가 없었다.

이주예가 고개를 끄덕이며 말했다.

"그렇겠지. 우리 사이를 이해할 수 있는 사람은 이 세상에 아무도 없을 테니까. 하지만 사실이야. 난 강슬이를 내 목숨보다 사랑해. 물론 강슬이도 그렇고. 우린 어떤 이유로 잠깐 멀어졌어. 부부 싸움 같은 거였어. 난 우리가 다시 예전으로 돌아갈 걸로 믿고 기다렸어. 그런데 네가 나타난 거야."

내가 졸지에 사랑의 방해꾼이 될 줄은 몰랐다. 비겁한 변명 같지만 정말 몰랐다. 만약 이주예의 말이 사실이라면 두렵다. 지금 내가 삼각관계에 빠진 건가? 이런 식의 삼각관계는 정말 아닌 것 같다.

"미안해."

왠지 사과를 해야 할 것 같았다. 뭐가 뭔지 잘 모르겠지만 무조건 미안했다.

이주예가 고개를 저으며 말했다.

"아냐. 넌 아무것도 몰랐을 거야. 강슬이가 우리 사이를 말하지 않았을 테니까. 아마 나 때문에 너한테 접근했을 거야. 나한테 복수하려고. 처음에는 강슬이도 너도 죽이고 싶도록 미웠는데 이젠 아냐. 왜냐하면 강슬이는 나한테 돌아올 거니까."

지영이가 이주예에게 돌아갈 거라고? 그럼 나는? 아니, 지금 그런 말이 아니잖아. 이건 남녀 간의 삼각관계가 아니라 여여 간의 삼각관계이다.

이주예는 한동안 내 얼굴을 뚫어져라 바라보았다. 그 얼굴에 나타난 복잡 미묘한 심경을 나는 읽을 수가 없었다. 이런 일은 난생처음이라 내가 어떻게 해야 할지, 지금 무슨 말을 해야 할지 알 수가 없었다.

이주예가 애원하는 표정으로 말했다.

"그래서 부탁인데 제발 이쯤에서 끝내."

"뭘?"

"강슬이와의 관계."

이주예 말을 들으며 생각했다. 나에게 지영이는 어떤 존재일까? 우리는 만난 지 두 달 정도밖에 안 된다. 하지만 첫 만남부터 강렬했다. 지금까지 지영이처럼 급속도로 친해진 친구는 한 명도 없었다. 지영이에게 충격적인 커밍 아웃 고백을 들었을 때는 혼란스러웠다. 하지만 그렇다고 해서 지영이에게 거부감이 느껴졌거나 싫어진 건 아니었다. 지금도 나는 지영이가 내 절친이라고 생각한다. 이주예 같은 감정은 아니지만.

나는 겨우 말했다.

"네가 오해하나 본데 우린 그냥 친구야."

그렇게 대답하고 나니 모호했던 감정이 조금은 정리되는 기분이었다. 그래, 친구. 지영이와 나는 친구 사이지 부부는 아니다.

"친구?"

이주예의 표정이 싸늘해졌다. 뒤에서 나를 노려보던 바로 그 눈빛이었다. 등골이 오싹해졌다.

"그럼 하나만 물어볼게. 강슬이가 너한테 키스했어?"

갑작스러운 질문에 말문이 턱 막혔다. 얼굴이 서서히 뜨거워지면서 어떤 대답을 해야 할지 망설였다. 솔직한 말과 솔직하지 못한 말의 결과에 대해서도 짐작할 수 없다. 내 눈치를 보던 이주예가 체념한 듯 고개를 끄덕이며 말했다.

"역시 내 짐작이 맞았어. 좋아, 거기까지. 더 묻지 않을게. 확인하고 나니까 마음이 홀가분해진다. 아, 후련해."

이주예는 두 팔을 쭉 뻗어 올리며 기지개를 켰다. 그런 행동은 후련하다기보다는 괴로운 심정을 모면해 보려는 과잉 행동으로 보였다.

이번에는 내가 물었다.

"나도 하나만 물어볼게."

이주예가 두 팔을 내리고 진지하게 나를 쳐다보았다.

"응. 뭐든지."

"너도 이강슬하고 같은 과니?"

지영이는 나에게 분명 자기와 같은 과라고 말했다. 그건 곧 나도 레즈비언이라는 뜻이다. 이주예와 지영이가 부부라면 이주예도 레즈비언이라는 말이 된다. 이주예가 무슨 말인지 모르겠다는 표정으로 눈을 깜박거렸다. 그 순진해 보이는 얼굴에 대고 물었다.

"그러니까 내 말은……. 너도 레즈비언이냐고 묻는 거야."

이주예가 웃었다. 한 번도 보지 못했던 이주예의 미소였다. 늘 화가 나 있거나 불안해 보이는 얼굴만 보다 웃는 얼굴을 보니 전혀 다른 사람 같았다.

"아니. 난 아냐."

뭐라고? 이주예가 레즈비언이 아니라면 지금까지 보인 행동들은 뭐지? 질투심 때문에 자해를 하고 방금 자기 입으로 지영이를 사랑한다며, 둘은 죽을 때까지 함께 하자고 언약식까지 맺은 부부 사이라고 했는데.

"아냐?"

"응. 아냐. 우리가 왜 싸우다 잠깐 헤어졌는지 궁금하지?"

나는 대답 대신 고개를 끄덕였다.

이주예가 말했다.

"1학기 때, 청소 끝나고 둘이 남아 있을 때 일이 터졌어. 평소 우린 둘이 있을 땐 장난을 치곤 했었어. 뭐 무슨 장난인지는 상상에 맡길게. 그런데 그날은 강슬이가 교실에서 한번 해 보자는 거야. 싫다고 했더니 여기서 하는 게 짜릿할 거라면서 내 치마 속에 손을 넣었어. 싫었지만 거부할 수가 없었어. 거부하면 강슬이가 화를 낼까 봐 무서웠거든. 그래서 정말 싫었지만 강슬이가 하는 대로 내버려 뒀어. 만지는 것까진 참을 수 있었는데 책상 위에서 옷을 벗고 해 보자는 거야. 그러더니 내가 거부하니까 강슬이가 내 교복을 벗기기 시작했어. 난 안 벗으려고 했고. 그걸 교무부장 선생님이 본 거야. 학교에서 난리가 났지.

강슬이는 그때 내가 자기를 거부했다고 생각해. 난 그게 아닌데. 단지 학교 안에서 그 짓을 하기가 싫었을 뿐인데."

이주예가 말하는 내용이 영화 장면처럼 머릿속에 생생하게 그려졌다. 텅 빈 교실과 두 사람의 표정, 교실 밖에서 그 장면을 훔쳐보는 교무부장 선생님의 놀란 얼굴.

"솔직히 난 강슬이가 좋지만 그런 짓을 하는 건 싫거든. 근데 강슬이는 내가 자기를 거부하는 것으로 믿고 있어. 아니라고 아무리 말해도 그 일이 있고 난 뒤부터는 아예 날 보려고도 하지 않아. 난 여전히 강슬이가 좋은데. 정말 죽을 만큼 좋은데."

도무지 이해할 수가 없었다. 이건 어떤 종류의 사랑일까. 지극히 정신적인 사랑? 병적인 집착? 그것도 아니면 내가 도무지 짐작할 수 없는 종류의 그 무엇?

이주예는 마치 고해 성사를 마친 사람처럼 홀가분한 얼굴로 계속 말했다.

"네가 날 이해해 주길 바라지도 않아. 강슬이와 나 사이에는 누구도 알지 못하는 그런 게 있어. 그러니까 진심으로 부탁하는데 제발 우리 사이에서 떨어져. 부탁이야."

'누구도 알지 못하는 그런 것'이 뭔지 갑자기 궁금해졌다. 나는 알 수 없을 거다. 누구도 알지 못하는 것이라는데 내가 어떻게 알아? 다만 한 가지는 분명하다. 이주예는 이강슬의 진짜 이름을 모른다. 이강슬이 아니라 지영인데. 지영이는 이주예에게 자기의 진짜 이름을 알려 주지 않은 게 분명하다. 진짜 이름뿐 아니라 우리 둘만이 아는 장소인 아지트도 알려 주지 않았다. 이주예는 아지트 얘기는 꺼내지도 않았다.

이주예가 간절한 염원이 담긴 눈빛으로 나를 바라보았다. 나는 자리에서 일어났다.

"알았어."

이주예 얼굴이 밝아졌다. 그러고는 나를 따라 일어나려고 했지만 팔에 꽂혀 있는 링거 때문에 일어날 수가 없었다.

"고마워."

이주예가 눈물이라도 흘릴 것 같은 얼굴로 나를 올려다봤다.

"몸조리 잘해."

영혼 없는 말을 남기고 병실에서 나왔다. 지금은 아무것도 생각하지 않고 혼자 어디 숨어서 음악을 듣고 싶은 마음 뿐이었다.

로비에 있던 윤건영이 병실 앞에 올라와 있었다. 윤건영은 나를 보고 한걸음에 다가왔다.

"이주예는 어때?"

"궁금하면 들어가 봐."

"아니 됐어."

"그럼 그러든가."

"너 지금 상태 몹시 안 좋아 보인다. 괜찮냐?"

머리를 콘크리트로 가득 채운 것처럼 무거웠다. 무거운 머리가 몸을 짓눌러 걷는 것도 힘들었다. 겨우 병원을 빠져 나와 버스 정류장으로 걸어갔다. 옆에서 따라오던 윤건영이 계속 걱정스러운 표정으로 물었다.

"정말 괜찮겠어?"

"응."

버스 정류장 의자에 주저앉았다. 머리가 깨질 것처럼 아팠다.

윤건영이 내 옆자리에 앉았다.

나는 버스를 가리키며 힘없이 말했다.

"가."

윤건영은 버스가 왔는데도 타지 않고 계속 앉아 있었다. 나는 멍하니 앉아서 지나가는 버스를 바라보았다. 말없이 앉아 있던 윤건영이 가방에서 봉투 하나를 꺼내 내게 내밀었다.

"이게 뭔데?"

"가져."

윤건영은 버스가 멈추자 재빨리 버스에 올라탔다.

윤건영이 가고 난 뒤 봉투를 열어 보았다. 봉투 안에는 내가 가장 좋아하는 헤비 메탈 그룹 주다스 프리스트 내한 공연 티켓 한 장이 들어 있었다. 콘서트 날짜는 한 달 뒤였다.

## 지영이와 멀어졌다.

같은 교실 바로 옆자리에 앉아 있지만 우리는 아침부터 수업이 끝날 때까지 한 마디도 하지 않았다. 나는 지영이와의 관계가 변함없다고 생각했는데 지영이는 그렇지 않은 모양이었다.

인간관계는 어느 한쪽의 일방적인 노력으로 유지되는 게 아니라는 걸 지영이를 통해 깨달았다. 그날 아지트에서 내가 지영이를 거부하고 난 뒤 지영이는 마치 부부 싸움을 한 부부처럼 냉랭하다. 나는 어떻게 지영이의 마음을 돌려야 하는지도 모른다. 지금이라도 당장 웃으며 지영이 팔에 팔짱을 끼면 아무 일도 없었던 것처럼 예전으로 돌아갈 수 있을까? 지금은 나를 투명인간 취급하는 지영이 옆에 앉아 있는 게 힘들다.

이주예의 존재는 나를 더 괴롭게 했다. 퇴원을 하고 교실로 돌아온 이주예는 교실에 들어오자마자 지영이 자리로 왔다. 지영이를 끌고 밖으로 나가 수업이 시작될 때 들어왔다. 쉬는 시간마다 지영이 자리로 와서 밝고 환한 얼굴로 지영이에게 수다를 떨었다. 나는 쉬는 시간마다 슬그머니 일어나 자리를 비워 주어야만 했다.

나는 다시 혼자가 됐다. 어차피 혼자였기 때문에 아무렇지도 않다. 아무도 나에게 말을 걸거나 함께 화장실에 가자고 하지 않았다. 혼자 식당에 내려가 밥을 먹고 교실로 올라왔다.

어차피 넌 혼자였잖아. 봐, 혼자 다른 교복을 입고 있잖아. 그것만 봐도 넌 여기에 어울리지 않는 인간이야. 이 지구에서, 아니 이 우주 어느 한 공간에도 네가 설 자리는 없어. 넌 그냥 이대로 살다가 먼지처럼 사라지면 돼. 아무도 네가 왔다 간 흔적을 알지 못할 거야, 아무도.

교실로 막 들어오는데 이주예가 나를 불렀다. 옆에는 지영이가 없었고 팔목에는 붕대를 감고 있지만 표정은 밝아 보였다.

"잠깐 나하고 얘기 좀 할래?"

이주예가 내 대답도 듣지 않고 앞장서서 걸어갔다. 나는 이주예를 따라갔다.

이주예는 아이들이 없는 학교 뒤쪽 텃밭으로 갔다. 텃밭에는 아이들이 기르는 열무, 상추, 가지, 고추 같은 채소들이 각각의 이름표를 꽂은 채 싱싱하게 자라고 있었다.

이주예가 걸음을 멈추고 돌아보았다. 이주예는 병원에서 봤을 때보다 건강해 보였고 감탄이 나올 만큼 예뻤다.

이주예가 말했다.

"고마워."

이주예의 말뜻을 알 것도 같았지만 확인 차원에서 물었다.

"뭐가?"

"내 입으로 꼭 그걸 말해야겠니? 우리 여보야를 나한테 보내 준 거 진심 고마워."

내가 그런 고마운 짓을 했나? 나는 도저히 이 두 사람의 관계를 모르겠다.

내가 물었다.

"이강슬이 그렇게 좋니? 네 손목을 그을 만큼?"

이주예가 씁쓸하게 웃더니 치마 주머니에서 뭔가를 꺼냈다. 아주 작은 병이었다. 병에는 붉은 액체가 3분의 2쯤 들어 있었다. 붉은 물감 같기도 하고 피 같기도 했다.

"이게 뭔지 알아?"

"뭔데?"

"이거 강슬이하고 내 피야."

놀라서 이주예 손바닥 위에 놓인 병을 자세히 들여다보았다. 이주예 말을 듣고 보니 분명 피였다. 놀라서 아무 말도 못하고 있는데 이주예가 담담한 어조로 말했다.

"작년에 우리는 주사기로 서로의 피를 뽑아서 반반씩 나눠 가졌어. 이게 뭘 의미한다고 생각하니?"

나는 충격으로 멍해졌다. 이런 건 인터넷 소설에서나 봤는데 실제로도 이런 짓을 하다니 보고도 믿을 수 없었다.

"그럼 이강슬도 이걸 갖고 있어?"

이주예가 고개를 끄덕이며 말했다.

"당근이지. 우린 하나야. 갑자기 네가 나타나서 우리 사이를 잠시 방해했지만 우린 죽을 때까지 함께 할 거야."

이주예와 피를 나눈 사이이면서 지영이는 왜 나한테 접근한 걸까? 아지트에서 나한테 우린 영혼으로 맺어진 사이라고 고백했다. 이주예하고는 피로 맺어진 사이이고 나하고는 영혼으로 맺어진 사이인가? 도대체 정체가 뭐니, 이강슬이자 지영이 너란 애는.

내가 물었다.

"다른 사람이 너희 사이에 끼면 안 되는 이유라도 있어? 왜 꼭 너희 둘이어야 하는 건데?"

이주예가 확신에 찬 표정으로 말했다.

"사랑은 나눌 수 없는 거니까. 전에도 말했지만 강슬이와 나는 이미 부부 사이야. 부부 사이에 다른 사람이 끼어들 수 있다고 생각하니?"

도무지 이해할 수 없는 사고였다. 더는 할 말이 없었다. 나만 빠져 주면 되는 건데 그게 뭐 어렵나?

이주예가 병을 주머니에 넣고 말했다.

"부탁이 있는데 자리 좀 바꾸자."

"자리?"

"응. 내가 강슬이 옆에 앉을 테니 넌 내 자리에 앉아."

"선생님이 아시면 혼날 텐데?"

"그러니까 조회 시간하고 종례 시간하고 담임 수업 시간만 빼고. 알았지?"

부탁이 아니라 협박에 가까웠다. 어차피 잘된 일인지도 모른다. 지영이 옆에 앉아 있는 건 가시덤불 속에 앉아 있는 것과 같으니까.

"알았어."

이주예가 내 대답을 듣고 활짝 웃었다.

"고마워. 진광민."

이주예가 교실로 올라간 뒤 나는 등나무 아래 벤치로 갔다. 도저히 교실에 들어가 지영이와 이주예 얼굴을 볼 용기가 나지 않았다.

## 자기 연민에 빠지지 말 것.

나는 다시 잊고 있던 주문을 끄집어냈다. 이 주문은 어떤 힘든 일도 무사히 넘길 수 있게 하는 마법의 힘이 있다. 나는 이 주문과 음악만 있으면 된다.

이어폰을 꽂았다. 주다스 프리스트의 보컬 롭 핼포트가 악마의 주문처럼 〈브레이킹 더 로우 Breaking The Law〉를 부르고 있었다.

내가 사는지 죽는지 누구 하나 관심조차 없었어.
그래, 난 인생에서 어떤 행동을 시작한 거나 다름없어.
틀을 부숴 버려
틀을 부숴 버려.

운동장에서 공을 차는 남자아이들의 거친 함성이 들려오고 아이들의 발밑에서 흙먼지가 뿌옇게 날렸다.

나는 예전에도 혼자였고 지금도 혼자다. 달라진 건 아무것도 없다. 어차피 혼자였으니까. 하지만 이제는 혼자였던 그때와 다르다. 이제는 혼자가 외롭다는 것을 알아버렸다. 에덴 동산에서 금기의 과일 사과를 따먹은 하와가, 자신이 벌거벗고 있는 게 부끄럽다는 것을 알아버린 것처럼. 하와가 사과를 먹기 전으로 돌아갈 수 없듯이 나도 혼자였던 예전으로 돌아갈 수가 없다.

나도 친구가 필요하고 엄마도 아빠도 필요하다. 말도 안 되는 주문이나 귓청을 찢을 듯한 헤비 메탈을 듣는 거 말고 위로받을 수 있는 인간 말이다.

갑작스러운 소나기처럼 눈물이 쏟아졌다. 그렇게 울지 않으려고 이를 악물고 견뎠는데 이제 다 소용없게 되었다. 눈물은 내 의지와는 상관없이 줄줄 흘러내렸다. 온 세상이 물에 잠겨 있는 것 같았다. 그 물속에 빠져 질식할 것처럼 숨이 막혔다.

두 손으로 눈물을 막았지만 눈물은 손바닥을 적시고 손가락 사이로 흘러내렸다.

"이거……."

옆에서 누군가의 목소리가 들렸다. 얼굴을 가린 손바닥을 뗄 용기가 나지 않았다. 그게 누구든 울고 있는 내 모습을 들키기 싫었다.

"마셔."

분명히 아는 목소리였다. 내 짐작이 틀리지 않았다면 이 목소리는 분명히 윤건영이다. 여긴 왜 온 거지. 뭘 마시라는 거야? 두 손으로 얼굴을 감싼 채 가만히 있었다. 한참 손으로 얼굴을 감싸쥐고 앉아 있었다. 주위가 조용했다. 천천히 얼굴에서 손을 떼고 옆자리를 보았다. 예상대로 윤건영이 손에 비타민 음료수를 들고 내 옆에 앉아 있었다.

언제부터 여기 있었던 거지? 내가 우는 걸 다 본 거야? 도대체 얘는 왜 여기 있는 거지? 아무 말도 못하고 뻘쭘하게 앉아 있는데 윤건영이 음료수 병을 내밀었다.

"마셔."

그제야 윤건영을 쳐다보았다. 윤건영은 내 쪽은 보지도 않고 손만 내밀었다. 얼떨결에 음료수 병을 받았다.

그 병을 물끄러미 내려다보고 있는데 갑자기 윤건영이 병을 빼앗아 가더니 병뚜껑을 따서 다시 내밀었다.

이주예를 만나러 병원에 함께 갔던 날 이후, 버스 정류장에서 나에게 티켓이 든 봉투를 휙 던져 주던 윤건영에게 살짝 마음이 흔들렸다. 겉으로는 무뚝뚝하고 냉정한 것 같지만 여자를 챙겨 주는 츤데레 스타일 같았다. 병원까지 따라와 준 것도, 버스에서 헤비 메탈 듣는 법을 가르쳐 준 것도 평소의 차가운 이미지와는 전혀 달랐다. 하지만 그 뒤로 윤건영은 나를 본체만체 했다. 그런데 지금 이 행동은 뭐지? 울고 있는 내가 가여워 보였나? 반장으로서 반 아이를 챙겨야 하는 책임감 같은 건가?

음료수를 한 모금 마셨다. 목울대까지 올라오던 슬픔이 상큼한 액체와 함께 아래로 내려가는 것 같았다. 머쓱하기도 하고 어색하기도 해서 말없이 앉아 있는데 윤건영이 일어나며 말했다.

"수업 시작하겠다. 가자."

윤건영은 내 뒤를 따라왔다. 마치 세상의 모든 위험으로부터 나를 보호하려는 보디가드처럼.

## 자리를 옮겼다.

지영이가 잠깐 자리를 비운 사이 이주예가 가방을 싸서 내 자리로 갔고, 나는 맨 뒷자리인 이주예 자리로 갔다.

교실로 돌아온 지영이는 옆자리에 이주예가 앉아 있는 걸 보고는 힐끔 뒤를 돌아보았다. 지영이와 눈이 마주쳤다. 나를 보는 지영이 눈빛은 소름이 끼칠 정도로 싸늘했다. 그 눈은 내가 처음 매점 앞에서 맞닥뜨린 장난기 가득한 눈빛도, 아지트에서 둘이 옷을 벗고 물속에 들어가 하늘을 올려다보던 꿈꾸는 듯한 눈빛도 아니었다. 나에게 키스를 하기 위해 다가오던 몽롱한 눈빛도, 아지트에서 마지막으로 나를 올려다보던 그 허망했던 눈빛도 아니었다. 한 사람이 저렇게 다양한 눈빛을 가지고 있나 놀랄 정도로 낯선 눈빛이었다.

짧은 시간, 잠깐 스치듯 마주친 눈이었지만 수업이 끝날 때까지 내내 그 눈빛이 잊히지 않았다.

이주예의 자리에 앉으니 지영이와 이주예가 앉아 있는 자리가 정말 잘 보였다. 수업에 집중하기 위해 앞을 보다가도 나도 모르게 지영이와 이주예에게 눈길이 갔다.

이런 거였구나. 이런 기분이었어. 보지 않으려고 해도 내 눈은 두 사람에게 가 있고, 무관심하려고 해도 내 신경은 온통 두 사람에게 가 있다. 그들의 일거수일투족이 너무 잘 보인다. 이주예가 지영이를 바라보고 있고, 지영이 몸이 이주예에게 가까이 다가가며 두 사람이 밀착되고 있는 모습. 수업 시간에도 칠판 대신 내 눈은 두 사람에게 집중되고 있다.

이제 나하고는 아무 상관없다고 생각했는데 이상하게 점점 더 신경이 쓰인다.

지영이와 이주예는 친해 보였다. 지영이는 이주예의 어깨에 팔을 얹고 다정하게 뭔가를 속삭였다. 이주예는 어깨가 들썩일 정도로 웃고 그 웃음소리가 내 귀에도 들렸다. 마치 나에게 들으라는 듯 이주예는 밝게 웃고 있다.

지영이는 나에게 이주예가 개또라이라고 신경 쓰지 말라고 하더니 이제는 보란 듯이 이주예와 한몸이 되어 붙어 다니고 있다.

지옥이 있다면 바로 이곳이다. 이 자리가 지옥이다.

나는 수업 시간 내내 어서 수업이 끝나기를 간절히 바라고 또 바랐다.

종례 시간 전에 나는 또 자리를 바꿨다. 내 자리로 돌아갔지만 그 자리는 더 이상 내 자리가 아니었다. 지영이는 내가 옆자리로 가자 또다시 나를 투명인간 취급했다.

지옥 같은 하루가 끝나고 혼자 교문을 나서는데 뒤에서 인기척이 느껴졌다. 혹시 지영이인지 궁금했지만 돌아보지 않고 계속 걸어갔다. 고개를 숙인 채 귀에는 이어폰을 꽂고 혼자 걸었다.

버스 정류장에 도착하고 나서야 그 정체를 알게 되었다.

윤건영이 내 옆에 서 있었다. 이제는 윤건영을 봐도 가슴이 뛰지 않는다. 인간에 대한 모든 신뢰를 잃어버린 기분.

아무 말도 하지 않고 버스를 기다리고 있는데 윤건영이 말했다.

"갈 거지?"

내가 대답했다.

"어디?"

"콘서트."

그제야 잊고 있던 콘서트 티켓이 떠올랐다. 가방을 뒤져 티켓이 들어 있는 봉투를 꺼내 윤건영에게 내밀었다.

"안 갈 거야?"

"응."

"왜?"

"너한테 이런 거 받을 이유가 없어."

윤건영은 잔뜩 실망한 얼굴로 나를 빤히 바라보았다. 아주 잠깐 윤건영을 보며 마음이 흔들렸다. 울고 있던 내 옆에 와서 음료수를 내밀었던 그날 마음이 심하게 요동쳤다. 하지만 이제는 마음을 접었다. 아니, 접어야 한다.

윤건영은 내가 내민 봉투를 받아들고는 말없이 봉투를 내려다보았다. 버스가 오고 있었다. 그런데 갑자기 윤건영이 봉투를 반으로 찢어 버렸다.

"왜 찢는 건데?"

"이젠 필요 없으니까."

"비싼 거 아냐?"

"네가 신경 쓸 거 없잖아. 어차피 버릴 거였는데 뭐."

그랬구나. 역시 내 예감이 맞았어. 윤건영이 티켓을 나에게 줬을 때 온갖 상상을 다 했다. 이거 데이트 신청인가? 나한테 관심 있나? 나하고 콘서트 가고 싶었나? 하지만 결론은 언제나 '그럴 리가 없다.'였다. 윤건영이 나한테 관심을 가질 이유가 전혀 없고 같이 콘서트에 갈 이유도 없다. 그냥 남아도는 티켓을 적선하듯 던져 준 것뿐이다. 그렇게 생각하자 마음이 편했다. 그 예감은 적중했다.

윤건영이 다시 봉투를 반으로 찢으려고 했다. 나는 재빨리 윤건영한테 봉투를 빼앗았다.

"버릴 거면 줘."

윤건영이 어이없는 얼굴로 나를 쳐다보았다. 나는 반으로 찢어진 봉투를 가방에 구겨 넣고 버스에 올랐다.

## 집안 꼴이 엉망이다.

가구에는 먼지가 뽀얗게 덮여 있고 빨래는 산더미처럼 쌓여 있다. 텃밭 채소는 정글이 무색할 정도로 자랐고 마당 잔디도 무성하다. 집안 꼴이 이렇게 된 건 가사도우미인 엄마가 딴 데 정신이 팔려 있기 때문이다.

엄마는 지금 영감 때문에 제정신이 아니다. 낚시를 다녀온 뒤부터 영감은 시름시름 앓고 있다. 방에서 나오지 않고 침대에만 누워 있었다. 의사가 다녀갔고 낮에는 방문 간호사가 와서 영감을 돌보고 있다. 한번은 한밤중에 병원 차가 와서 영감을 싣고 갔다. 엄마는 영감을 따라 병원에 갔고 다음 날까지 돌아오지 않았다.

영감의 안색이 창백하고 몸이 빼빼 마른 것을 보고 몸이 안 좋다는 것은 짐작하고 있었다. 어쩌면 내 짐작보다 상태가 훨씬 안 좋을지도 모른다.

저녁때가 되도 엄마는 밥상을 차릴 생각을 하지 않았다. 영감 방에서 영감을 간호하느라 하나밖에 없는 딸이 밥을 먹든 말든 신경도 쓰지 않는다. 어쩔 수 없이 내가 밥을 차려 먹으려고 부엌에 갔다. 냉장고는 텅텅 비어 있고 먹을 거라고는 달걀 밖에 없었다. 반찬이 없을 때는 달걀밥이 최고다. 달걀 프라이를 해서 간장을 넣고 쓱쓱 비비면 한 끼 식사로 그럴 듯하다. 예전에 엄마가 일하고 늦게 들어오는 날에는 자주 해 먹었다.

식탁에 앉아 처량하게 달걀밥을 먹고 있는데 엄마가 영감 방에서 나왔다. 엄마 얼굴에는 없던 기미가 끼어 있었고 세상의 모든 고뇌를 짊어진 사람처럼 어두웠다.

엄마가 말했다.

"미안해. 밥도 제대로 챙겨 주지 못해서."

어차피 엄마한테는 나보다 영감이 더 중요하니까. 그리고 지금은 영감이 아프니까 용서해 주기로 했다.

"엄마도 해 줄까?"

닭살이 돋았지만 그건 진심이었다. 생각해 보니 엄마에게 밥을 차려 준 적이 단 한 번도 없었다.

엄마 얼굴에 희미한 미소가 번졌다.

"우리 딸 언제 이렇게 컸지? 정말 이제 다 컸네."

엄마를 위해 달걀밥을 만들었다. 엄마는 반쯤 먹다 숟가락을 내려놓았다.

"다 먹어."

퉁명스럽게 말했지만 그것도 진심이었다.

"우리 산책 갈까?"

엄마의 제안에 놀랐다. 이곳에 온 후 엄마가 나에게 산책을 하자고 한 건 처음이었다. 엄마 옆에는 늘 영감이 있었고, 영감하고 있는 엄마는 나하고 있을 때보다 훨씬 행복해 보였다.

우리는 밖으로 나와 비탈길을 내려갔다.

산허리를 내려온 붉은 저녁노을이 저수지 위에 떨어졌다. 저수지에는 드문드문 낚싯대를 드리운 사람들이 앉아 있었다. 엄마와 저수지 둑길을 걸었다. 엄마가 먼 산을 보며 깊은 한숨을 후우 몰아쉬었다.

어느 때보다 엄마가 지치고 힘들어 보였다. 이게 다 영감 때문이다. 그 뒤치다꺼리를 하느라 폭삭 늙어 버린 거다.

엄마와 저수지 둑에 나란히 앉았다. 마른 풀에서 서걱거리는 소리가 났다. 엄마는 저수지 위로 날아가는 새떼와 허공을 떠도는 저녁노을을 바라보며 꿈꾸는 듯한 표정으로 말했다.

"정말 아름답지 않니? 난 여기가 진짜 좋아. 여긴 하루하루 지나가는 시간들이 다 보여. 하늘, 공기, 바람, 나무, 풀, 물, 그런 것들이 매시간 나한테 시간이 흐르고 있다는 걸 알려 주거든. 그래서 좋아."

엄마는 꿈꾸는 듯한 표정으로 눈앞에 있는 풍경을 바라보았다.

"너도 여길 좋아하길 바랐지만 그건 어디까지나 내 욕심이지."

이곳에 온 첫날 엄마는 눈앞에 보이는 저수지를 보고 환호성을 질렀다. 야, 정말 멋지지 않니? 이래서 내가 여길 좋아한다니까.

엄마와 함께 옮겨 다니는 곳마다 최악이었다. 이곳에 와서 지영이와 아지트에서 놀았던 짧은 기간에는 이곳을 좋아할 뻔했다. 하지만 지금은 아니다. 이곳은 내가 옮겨 다녔던 그 어느 곳보다 최악이다.

"엄마는 죽도록 일만 하고 사는 게 그렇게 좋아?"

엄마가 확신에 찬 음성으로 대답했다.

"응. 그래서 더 좋아. 죽도록 일하면 다 잊을 수 있으니까. 하지만 지금은……."

엄마는 뭔가 말을 하려다가 말꼬리를 흐렸다. 그럼 지금은 안 좋다는 건가. 왜?

"광민아."

엄마가 내 이름을 불렀다. 평생 들어 온 이름이지만 내 이름이 불릴 때마다 매번 화들짝 놀란다.

엄마가 내 손을 잡았다. 엄마 손은 거칠고 딱딱했다.

"지금부터 하는 말 잘 들어."

엄마는 깊게 한숨을 내쉬고 담담한 어조로 말했다.

"선생님이 많이 아프셔. 아마 오래 못 사실 거야. 난 선생님이 얼마 남지 않은 생이라도 편안하게 살다 돌아가게 최선을 다해서 모실 생각이야. 그러니까 선생님 너무 미워하지 마. 물론 우리 광민이는 착한 아이니까 누굴 진심으로 미워하지 않는다는 거 알아. 하지만 겉으로라도 조금만 선생님께 잘해 드렸으면 좋겠어."

몸이 좋지 않다는 것은 알고 있었지만 이제 생이 얼마 안 남았다니

충격이었다. 영감이 스트레스를 받아 제 명에 못살게 하려는 계획까지 세웠었는데 이제 그런 계획을 세울 필요가 없어졌다. 기뻐해야 하는데 마음이 무겁다. 무슨 말을 해야 좋을지 몰라 망설이다가 겨우 물었다.

"얼마나…… 남았는데?"

"모르겠어. 앞으로 길어야 한 달? 아니면 내일 당장 어떻게 될지도 모르고."

사람 목숨이 내일 당장 어떻게 될지 모른다는 게 말이 되나? 아무리 병이 들었다고는 하지만 얼마 전까지 영감은 나하고 낚시도 했다. 그런 사람이 내일 당장 어떻게 될지 모른다는 건 말도 안 된다.

엄마가 내 어깨를 가볍게 두드리며 말했다.

"그때까지만 여기서 조용히 살자."

## 그날 끔찍한 일이 벌어졌다.

아빠가 야구 방망이를 들고 미친 듯이 살림을 부수고 있었다. 깨질 수 있는 물건은 다 깨졌다. 엄마는 그런 아빠에게 '그래, 다 때려 부숴, 어디 나도 때려 부숴 봐.' 하고 악을 썼다. 그때 엄마 눈에는 광기가 가득해서 정말 미친 사람 같았다.

아빠는 이번에는 문짝을 향해 야구 방망이를 휘둘렀다. 얇은 베니어판으로 된 문짝에는 아빠가 한 번씩 야구 방망이를 내리칠 때마다 커다란 분화구 같은 구멍이 뚫렸다.

엄마가 아빠에게 달려들다 말고 나를 보았다. 나는 만화 영화를 보듯 그 광경을 보고 있었다. 엄마가 눈물범벅이 된 얼굴로 나에게 다가와 두 손으로 내 귀를 막고 말했다. 넌 아무것도 들어서는 안 돼. 눈 감아. 아무것도 보지 마. 하지만 아무리 귀를 막아도 내 귀에는 다 들렸다. 아빠가 문짝을 부수는 소리, 벽을 때리는 소리, 고래고래 고함을 지르는 소리.

엄마가 커다란 헤드폰을 집었다. 그리고 오디오에 꽂았다. 아무것도 보지 말고 듣지 말고 이것만 들어. 알았지?

머리에 쓴 헤드폰에서는 아빠가 물건을 깨는 소리보다 훨씬 큰 소리가 들렸다. 스피커를 갈갈이 찢어 버릴 듯한 굉음, 귓속을 가득 메운 시끄러운 헤비 메탈이었다.

헤드폰을 쓰고 있는 동안 다른 소리는 들리지 않았다. 눈을 감고 있으니 아무것도 보이지 않았다. 그렇게 시간이 흐르고 흘렀을 때 갑자기 소리가 멈췄다. 너무 조용해서 눈을 떴다. 그때 아빠가 야구 방망이를 높이 쳐들고 오디오를 부수려고 했다.

안 돼. 나는 아빠에게 달려들었다. 소리를 계속 듣게 해 줘. 아빠가 나를 잡아먹을 듯한 눈빛으로 노려봤다. 나는 악을 쓰며 아빠 발목을 깨물었다. 소리를 돌려달란 말야. 아빠가 비명을 지르며 나를 발로 걷어찼다. 나는 공중을 날아 구석에 쓰러져 있는 엄마 옆에 떨어졌다.

아빠가 야구 방망이를 들고 나를 향해 다가왔다. 아빠가 야구 방망이를 높이 치켜든 순간, 종이처럼 구겨져 있던 엄마 몸이 내 몸을 덮쳤다. 야구 방망이는 엄마 등 위에서 뼈 부러지는 소리를 냈다. 그날 엄마는 병원에 실려 갔고 집을 뛰쳐나간 아빠는 한동안 돌아오지 않았다.

아빠가 집안 살림을 부수고 엄마를 때릴 때 내 귀에는 언제나 헤드폰이 씌워져 있었다. 헤비 메탈의 전설적인 인물들은 주술사들처럼 내 영혼을 불러냈다. 그리고 내 영혼을 위로했다. 괜찮아, 너에게는 우리가 있잖아.

귀를 통해 들어온 음악은 내 몸을 가득 채웠다. 자면서, 먹으면서, 걸으면서, 멍 때리면서 음악을 들었다. 내 몸 밖은 물속처럼 평온했지만 내 몸 안에는 음악의 광풍이 몰아쳤다. 내 몸과 내 몸 밖의 세상, 그 두 세계의 단단한 경계가 좋았다. 음악이 나를 아빠로부터 견디게 해 주었다.

그리고 한 달이 지나 집에 들어온 아빠는 엄마 앞에 무릎을 꿇고 눈물까지 흘리며 빌었다. 제발 한 번만 용서해 줘. 다신 안 그럴게. 내가 미친놈이었나 봐. 왜 그랬는지 나도 모르겠어.

늘 그런 식이었다. 때리고 부순 뒤에는 무릎을 꿇고 빌었다. 엄마를 때릴 때는 모든 게 엄마 잘못이었고 용서를 빌 때는 모든 게 아빠 잘못이었다.

엄마 입에서 이혼이란 말이 나온 적이 있었다. 그렇게 내가 재수없으면 헤어져. 깨끗이 갈라서서 다른 좋은 여자 만나. 그 말에 아빠가 부엌에서 칼을 가져와 엄마 목에 들이대고 말했다. 이혼? 웃기고 있네. 내 사전에 이혼이란 단어는 없어. 만약 이혼 소리 한 번만 더 하면 너, 나, 광민이 모두 여기서 죽는 거야.

이혼도 운이 좋은 여자들이나 하는 거다. 아무리 하고 싶어도 못하는 여자들도 있다. 엄마처럼.

죽지 않으려면 도망치는 수밖에 없었다. 엄마는 나를 데리고 집을 나왔다. 지독한 냄새가 나는 굴속 같은 지하 단칸방으로 가서 우리는 두더쥐처럼 숨어 살았다. 하지만 아빠는 언제나 우리를 찾아냈다. 살림도 없는 단칸방에 찾아와, 살림 대신 또다시 엄마를 때릴 때 내 귀에는 어김없이 이어폰이 꽂혀 있었다.

지하 단칸방도 안전하지 못해 엄마와 나는 여관방을 전전했다. 하지만 그곳에도 오래 있을 수 없었다. 외국인 노동자들은 내가 지나갈 때마다 끈적끈적한 눈빛을 날렸고, 밤마다 복도에는 술 취한 사람들의 비틀거리는 발자국 소리와 술주정이 끊이지 않았다. 엄마는 밤마다 문고리를 꼭 잡고 잠을 이루지 못했다.

엄마는 집에서 가지고 나온 금목걸이와 반지를 팔아 보증금 오백만 원에 월세 삼십만 원짜리 옥탑방을 얻었다. 그러고는 가사도우미 일을 시작했고 나는 세 번째 전학을 했다.

일 년이 넘도록 아빠는 우리 앞에 나타나지 않았다. 그러던 어느 날, 내가 학교에서 돌아왔을 때 문 앞에 이상한 사람이 쭈그리고 앉아 있었다. 낡은 외투를 덮어쓰고 벽에 기대 앉아 졸고 있는 그 사람은 아빠였다. 옆에는 소주병이 놓여 있고 몸에서는 심한 악취와 술 냄새가 진동했다.

나를 올려다보는 아빠 눈은 썩은 생선 눈깔처럼 흐리멍텅했다.

"광민아, 내 딸 광민이구나."

아빠 입에서 나온 내 이름이 끔찍했다. 제발 내 이름은 부르지 마 제발. 아빠는 몸의 중심을 잃고 비틀거렸다. 나는 재빨리 뒤로 한걸음 물러났다.

문 앞을 아빠가 지키고 있었기 때문에 집에 들어갈 수가 없었다. 아빠가 부르는 소리도 외면하고 계단을 내려가 거리를 무작정 배회했다.

밤이 되어서야 집에 들어갔을 때, 아빠와 엄마는 심각한 얘기를 나누고 있었다. 이상한 건 아빠가 더 이상 살림을 때려 부수거나 엄마를 때리지 않았다는 거다.

아빠는 엄마에게 제발 이혼을 해 달라고 했다. 믿을 수 없었다. 목에 칼이 들어와도 이혼만은 절대 못한다던 아빠가 이혼을 원하다니. 단, 조건이 있었다. 돈을 달라는 거였다. 사업이 쫄딱 망했다고 밥 한 그릇 사먹을 돈이 없다고 울면서 애원했다.

내가 여기 들어와 살겠다고 하면 당신한테 짐이 될 거 뻔히 알아. 나도 어떻게든 살아 볼려고 했는데 도저히 못 살겠더라고. 사업 자금만 있으면 금방 예전처럼 다시 일으킬 수 있는데 말이야.

아빠가 하는 그 사업이라는 게 도박이라는 것은 나도 진작 알고 있었다. 도박에 빠져 아빠는 폐인이 되어 버렸다. 엄마는 돈이 한 푼도 없다고 했다. 그러자 아빠는 이 집은 무슨 돈으로 얻은 거냐며 집안을 둘러보았다. 엄마가 한탄인지 비명인지 모를 소리를 뱉어 냈다.

결국 엄마는 월세 보증금과 이혼을 맞바꿨다. 엄마에게 남은 재산은 아무것도 없었지만 우리는 진짜 자유를 찾았다. 그리고 엄마는 혹덩이 같은 나를 데리고 이곳에 왔다. 거리가 멀어서 출퇴근하기 힘들다는 건 다 핑계였다. 우리에게 더는 선택의 여지가 없었다.

이곳에 와서 엄마는 전혀 다른 사람으로 변했다. 아무리 힘든 일을 해도 엄마 얼굴에는 미소가 떠나지 않았다. 특히 영감 옆에 있을 때는 정말 행복해 보였다. 그런 엄마에게 배신감도 느꼈지만 마음 한쪽에서는 그나마 다행이라고 생각했다. 세상의 고통을 다 짊어진 사람처럼 어두운 얼굴로 사는 것보다는 그게 훨씬 나았다.

그런데 이제 영감이 얼마 살지 못한다고 한다. 엄마는 모든 걸 포기한 사람처럼 담담한 얼굴로 저수지를 바라보았다.

처음부터 영감이 싫었다. 어쩌면 이 집에 오기 전부터 나는 영감을 싫어할 마음의 준비를 하고 있었는지도 모르겠다. 하지만 영감이 죽는다는 생각은 전혀 하지 않았다. 그랬기 때문에 영감이 스트레스 받아 죽으라고 빈 것이다. 정말 영감이 죽기를 바랐다면 죽으라고 빌지도 않았을 거다. 만약 그랬다면 나는 정말 나쁜 년이다.

"그러니까 너도……."

엄마가 나를 쳐다보았다. 눈이 촉촉이 젖어 있었다.

"마음의 준비를 하고 있어."

아니, 그럴 수 없어. 아직 영감을 싫어하는 마음이 가득 차 있는데 이 마음을 아직 비우지도 못했는데, 영감의 죽음을 받아들일 준비를 하라니 말도 안 돼.

나는 아무 말도 하지 못했다. 영감은 인간에게나 동물에게나 모든 사물에게 자유 의지가 있다고 이 자리에서 낚시를 하며 말했다. 영감은 틀렸다. 내 의지를 만드는 건 타인이다. 내 의지대로 되는 게 없다. 엄마도, 아빠도, 영감도, 지영이도, 이주예도, 윤건영도 내 감정을 만들고 움직이고 이용하는 사람들. 도대체 내 자유 의지라는 건 어디에 있는 거지? 왜 이렇게 사는 게 복잡한 거야.

저수지는 깊이를 알 수 없는 짙은 청록색이었다. 산 위에서 어둠 덩어리가 밀려 내려왔다. 어둠 덩어리들은 저수지로 빠져 녹아 물속에 스며들었다. 저수지 속에서 입을 커다랗게 벌린 상어가 유유히 헤엄치고 있었다. 분명히 상어였다. 영감과 내가 한 번씩 잡았다가 놓아줬는지 모를 그 상어.

"엄마."

"응?"

"봤어?"

"뭘?"

"상어. 방금 저기로 지나갔는데."

엄마가 피식 웃었다.

"상어가 어떻게 이런 데서 사니? 상어는 바다에서 사는 거야."

나는 엄마 얼굴을 물끄러미 바라보았다. 평생을 엄마와 살았는데 나는 아직도 엄마를 모르겠다.

엄마가 자리에서 일어났다. 나도 따라 일어났다. 우리는 어둠이 뒹굴며 내려오는 둑을 말없이 걸어 올라갔다.

똑똑똑.

갑자기 문을 두드리는 소리가 났다. 깜짝 놀라 이불을 젖히고 어둠 속에서 반짝이는 야광 시계를 올려다봤다. 밤 1시 10분.

분명히 문을 두드리는 소리였다. 바람에 솔방울이 떨어지거나 들고양이가 벽을 타고 지붕에 올라가거나, 고라니가 산비탈을 뛰어다니거나 멧돼지가 텃밭을 파헤치는 소리하고는 확연히 달랐다.

숨을 죽이고 어둠 속에 가만히 있었다.

똑똑똑.

그 소리는 굉장히 조심스럽고 은밀했다.

침대에서 일어나 불을 켰다. 수많은 경우의 수를 생각해 봤다. 강도일 경우, 도둑일 경우, 술에 취한 낚시꾼일 경우, 심지어는 엄마일 경우까지. 하지만 누군가 내 방을 노크할 거라는 확신이 없었다. 책장 옆에 놓여 있는 쇠로 된 장신구를 집어 들었다.

문 옆으로 가서 나지막히 물었다.

"누구세요?"

"……."

짧은 침묵이 길게 느껴졌다.

다시 한 번 물었다.

"누구세요."

그제야 문밖에서 목소리가 들렸다.

"나야."

지영이였다. 재빨리 문을 열었다. 문 앞에는 지영이가 물에 흠뻑 젖은 채 금방이라도 쓰러질 것처럼 힘없이 서 있었다. 엄마가 또 현관문 잠그는 것을 깜빡한 모양이다. 요즘 엄마는 영감 때문에 제정신이 아니다.

"도와줘."

"왜 그래? 무슨 일이야?"

"추워."

시골의 늦여름 밤은 긴팔 옷을 입어야 할 만큼 춥다. 지영이는 민소매 티셔츠와 짧은 반바지 차림으로 덜덜 떨고 있었다. 얼굴은 창백했고 입술은 새파랬다. 더 놀라운 건 지영이 머리였다. 마치 밤송이처럼 짧게 잘려 있었다. 누가 강제로 아무렇게나 자른 것 같았다.

며칠 전 학교에서 사고가 터졌다. 다른 날과 다름없이 수업 시간에 이주예와 자리를 바꿔 맨 뒷자리에 앉아 있었다. 요즘 지영이와 이주예의 행동은 점점 대담해지고 있었다. 마치 모든 사람이 자기들을 봐

주기를 바라는 것 같았다. 교실에서 서로 껴안는 건 기본이고 몸을 더듬고 심지어 키스까지 했다.

아이들은 처음에는 호기심에 가득 찬 눈으로 두 사람을 힐끔거렸지만 나중에는 아예 무관심하게 지나쳐 갔다.

그러다 하필이면 둘이 계단에서 키스하고 있는 장면을 학생부장 선생님에게 들켰다. 당장 두 사람은 상담실로 끌려갔다. 그리고 어제 교내 선도 위원회가 열렸다. 지영이와 이주예 엄마가 학교로 불려왔고 경찰도 왔다. 두 사람에게는 각각 다른 학교로 강제 전학 조치가 내려졌다. 오늘 지영이와 이주예는 둘 다 학교에 나오지 않았다. 지영이가 걱정이 됐지만 집으로 찾아갈 수가 없었다.

수건과 갈아입을 옷을 지영이에게 건넸다. 지영이는 부들부들 떨며 간신히 옷을 갈아입었다. 지영이는 몸 여기저기에 피멍이 들어 있었다.

옷을 갈아입은 지영이를 일단 침대에 눕혔다.

지영이는 이불을 덮고 눈을 감고 누워 있었다. 나는 침대 옆에 의자를 끌어다 놓고 앉았다. 새파랗던 지영이의 입술이 점점 붉은 색으로 변하고 창백했던 뺨에 생기가 돌아왔다.

"으으……."

지영이가 신음 소리를 냈다. 이마를 짚어 보니 뜨거웠다.

"많이 아프니? 몸이 불덩어리야. 어떡해? 엄마한테 알릴까?"

지영이가 간신히 말했다.

"안 돼. 부탁이야. 제발."

일단 열이라도 내리게 하려고 아래층으로 가 해열제와 얼음을 가져왔다. 해열제를 먹이고 수건에 얼음을 싸서 지영이 이마에 올려놓았다. 다행히 열은 조금씩 떨어졌다. 아래층에서 새 얼음을 가지고 올라왔을 때 지영이가 나를 불렀다.

"은유야."

## 새벽 3시,

멀리서 부엉이 우는 소리가 들려왔다. 창밖은 칠흑 같은 어둠. 이 방에는 지영이와 나 단둘뿐이다.

지영이가 짧게 잘린 머리카락을 쥐어뜯었다.

"내 머리 흉하지?"

"봐 줄만 해."

"엄마 작품이야."

역시 지영이 몸에 있던 멍 자국도 엄마한테 맞아 생긴 거구나. 평소에도 왠지 화가 나 있는 것 같은 지영이 엄마의 얼굴이 떠올랐다.

지영이가 씁쓸한 미소를 지으며 말했다.

"엄마가 나더러 쓰레기래. 집안 망신시키지 말고 나가서 죽어 버리래. 집에서 나와서 저수지에 들어갔어. 처음에는 그냥 죽어 버리자는 마음이었는데 점점 더 깊이 들어가니까 진짜 죽을까 봐 무섭더라. 엄마 소원대로 죽었으면 좋겠는데 죽지도 못하고 여기까지 와 버렸네."

뭐라고 할 말이 없었다. 내 앞에 있는 지영이는 학교에서 이주예와 붙어 다니는 이강슬이 아니라 내가 아지트에서 만났던 바로 그 지영이였다.

깊은 밤, 이렇게 지영이와 함께 내 방에 단둘이 있으니 아지트에 둘이 있었을 때가 생각났다. 그동안 학교에서 나를 보던 차갑고 싸늘한 눈빛이 아니었다. 지금은 뭐랄까? 장소만 달랐지 아지트에서 나를 보던, 눈부신 햇살처럼 빛나는 눈빛으로 나를 보고 있었다. 그때로 다시 돌아갈 수는 없는 건가? 그러기에는 너무 멀리 와 버렸나?

지영이는 늘어진 소매 속으로 손을 넣고 다리를 오므리고 앉았다. 내 옷은 지영이에게 너무 컸다.

지영이가 신부님 앞에서 고해 성사를 하듯 고백했다.

"널 처음 봤을 때 강렬한 느낌이 왔어. 지금까지 누구한테도 그런 강렬한 느낌을 받은 적이 없었거든."

나에게 강렬한 느낌을 줄 정도의 그 무엇이 있었나? 아무리 생각해봐도 모르겠다.

문득 널 처음 만났을 때가 떠오른다. 나를 아지트에 데리고 가서 어미 잃은 아기 새를 보여 주며 만져 보라고 하던 너. '지혜로운 나무의 영혼'이라는 진짜 이름을 스스로 지을 만큼 신비롭던 너. 너의 첫인상은 그토록 순수하고 신비로웠는데…….

나는 겨우 용기를 내서 말했다.

"우리 우정이 영원했으면 좋겠어."

지영이 얼굴이 금세 싸늘해졌다.

"그렇게는 안 돼."

"왜?"

"넌 날 속였어."

나는 하늘에 맹세코 지영이를 속인 적이 없었다. 그럼 그렇지. 지영이는 나에게 뭔가 오해를 하고 있었던 거다. 그래서 그렇게 싸늘하게 나를 대했던 거지.

"난 그런 적 없어."

지영이가 적의에 가득 찬 눈으로 나를 노려봤다.

"넌 나하고 있으면서 다른 남자애를 생각하고 있었어."

"누구?"

"윤건영."

지영이 입에서 윤건영이라는 이름이 나오다니 깜짝 놀랐다. 전혀 예상하지 못했던 이름이다. 하지만 그 말을 부정할 수 없었다. 내 마음속에는 아무리 쳐내고 또 쳐내도 그 이름이 들어와 있었으니까.

지영이가 비웃음을 가득 담은 얼굴로 말했다.

"너 전학 온 첫날 윤건영이 학교 구경 시켜 준 적 있었지?"

"그건 담임이……."

"담임은 반장한테 그런 말 한 적 없어."

"그걸 네가 어떻게 알아?"

"내가 봤어. 조회 이후 담임은 반장한테 한 마디도 안 했어."

"윤건영이 왜 거짓말을 했지?"

지영이가 나를 노려보며 말했다.

"몰랐니? 걔가 첫날부터 너 찍은 거."

그날 지영이가 나한테 물었다. 윤건영이 너 찍은 거 아냐? 그때는 부정했다. 하지만 지영이 말을 듣고 보니 이상한 게 한두 가지가 아니다. 설마 윤건영이 나를? 아아, 그건 아냐. 그럴 리가 없어.

지영이가 말했다.

"그때부터 너희를 유심히 관찰했는데 윤건영이 너를 훔쳐보고 있었고 너도 윤건영을 훔쳐보고 있었어. 네가 날 거부했던 그날도 그랬지."

떠올리기 싫은 그날 일이 떠올랐다. 지영이가 내 교복 블라우스 단추를 풀던 날, 내 머릿속에는 오직 하나의 이름만 떠올랐다. 윤건영. 그래서 거부했던 걸까?

"그래. 인정할게. 하지만 이젠 아냐."

"아니라고?"

"응. 잠깐 윤건영한테 마음이 흔들리긴 했지만 지금은 아니야."

"과연 그럴까?"

지영이의 얼굴이 싸늘했다.

"이주예 병문안도 함께 갔었잖아. 아마 그때도 윤건영은 담임이 같이 가라고 시켰다고 했겠지? 윤건영은 늘 네 주위를 맴돌았어. 며칠 전에는 벤치에서 울고 있는 널 멀리서 지켜보다가 음료수를 가지고 가는 것도 봤어. 넌 아주 좋아 죽더라."

소름이 끼쳤다. 그동안 지영이는 나를 보고 있었다. 관심이 없는 척하면서도 다 보고 있었다. 이제는 다 끝났다고 생각했는데 왜 또 이렇게 복잡해지는 거지?

지영이가 계속 말했다.

"넌 나하고 있을 때도 마음은 윤건영에게 가 있었어. 그런 널 보면서 내가 얼마나 괴로웠는지 아니?"

나는 지영이를 쳐다볼 용기가 나지 않았다.

"너한테는 이주예가 있잖아."

지영이가 싸늘한 목소리로 말했다.

"주예는 적어도 너처럼 위선은 떨지 않았어. 걘 자기를 버리면서까지 날 좋아했어."

나는 겨우 용기를 내서 지영이에게 물었다.

"너도 이주예 좋아하잖아."

"넌 내가 왜 이주예하고 다시 가까워졌는지 생각해 봤니?"

지영이는 자포자기한 표정으로 내 얼굴을 물끄러미 쳐다보았다. 그 얼굴 안에 담겨 있는 수많은 생각을 나는 다 읽을 수가 없었다. 우리의 관계라는 게 미로처럼 복잡하게 얽혀 있는 기분이었다. 도대체 미로의 끝은 어디인지, 어떻게 이 미로를 탈출해야 하는지 도무지 모르겠다.

"너도 다른 애들이랑 똑같아. 진광민."

지영이 입에서 내 이름이 나오자 깜짝 놀랐다. 지영이는 지금까지 한 번도 진광민이라는 이름을 부른 적이 없었다.

지영이는 침대에서 일어났다. 그리고 구석에 있던 자기 옷으로 갈아입기 시작했다. 너무 갑작스러운 일이라 당황했다. 옷을 다 갈아입은 지영이가 말했다.

"내 진짜 이름은 이강슬이야. 이강슬, 정말 형편없는 이름이지. 난 이제부터 진짜 이름 이강슬로 살아갈 거야. 지영이는 이제 이 세상에 없어. 그러니까 너도 혹시 내 이름을 부를 일이 있으면 이강슬로 불러. 그러면 돼."

그리고 내 방에서 나가 버렸다.

새벽 4시. 창밖은 아직 어둠이 가득한 시간이었다.

## 여름은 순식간에 지나갔다.

가을은 천천히 오고 있었다. 수풀에 가려 보이지 않았던 계곡이 헐거워진 수풀 틈새로 더 가깝게 들여다보였다.

나는 말라가는 풀들을 밟으며 아지트로 들어갔다. 바위에는 마른 상수리잎과 솔잎이 수북히 쌓여 있었다. 아지트에 사람이 왔다 간 흔적은 없었다.

어린 소나무, 계곡의 바위, 사선으로 떨어지는 솔잎, 나뭇가지 사이로 불어오는 바람, 떡갈나무 위에 떨어지는 햇살, 바위 위를 빠르게 지나가는 개미 떼와 시들어 가는 풀들. 시간은 그 모든 것에 흔적을 남겨 놓고 산속을 지나가고 있었다.

도토리 열매 하나가 내 발밑에 떨어져 또르르 계곡으로 굴러갔다. 지금 산은 한창 가을이 무르익어 가고 있다.

안녕.

산속의 모든 지나가는 것들에게 마지막 작별 인사를 했다. 나무도,

풀도, 계곡물도, 이제는 어른 새가 되었을 아기 새도 안녕.

모두 안녕.

이제 다시는 이곳에 오지 않을 것이다.

## 담임과 고입 상담을 했다.

상담실에 들어갔더니 담임이 내 생활 기록부를 보며 물었다.

"진광민, 어디 보자. 전학을 많이 다녔네?"

"네."

"성적은 그런대로 나쁘지 않고."

전학을 많이 다니긴 했지만 내 성적은 상위권이었다. 사고를 친 적도 없고 결석을 한 적도 없었다. 어쨌든 나는 집안 환경에 비해 비교적 성실하게 학교에 다니고 있다.

"어디 생각해 둔 학교라도 있니?

"네."

담임이 그제야 내 얼굴을 빤히 보며 물었다.

"어디?"

"기숙사 있는 학교요."

담임이 어이없어 하는 표정으로 말했다.

"기숙사 있는 학교가 한둘이니? 생각해 둔 학교가 있을 거 아냐. 말해 봐. 설마 민사고나 자사고는 아닐 테고."

당연히 내가 그런 학교에 갈 실력이 안 된다는 것은 나도 잘 알고 있다. 그 학교에만 기숙사가 있는 게 아니다. 대안 학교나 특성화고에도 기숙사가 있다.

"특성화고요."

담임은 좀 놀랐다는 표정으로 물었다.

"그래? 의외네. 뭘 전공하고 싶은데? 잘하는 게 뭐야?"

나는 선뜻 대답하지 못했다. 아직 잘하는 것도 없고 좋아하는 것도 없다. 지금 당장은 없지만 이제부터 찾아보면 되지 않을까?

담임이 다시 물었다.

"앞으로 뭘 하고 싶은데?"

나는 여전히 아무 말도 하지 않고 고개를 숙인 채 앉아 있었다. 무엇을 하고 싶은지 모르겠다. 지금 당장 하고 싶은 게 있다면 이곳에서 멀리 달아나고 싶은 것뿐.

담임은 서류철 옆에 쌓아 둔 안내 책자를 들춰 보기 시작했다.

"가만있자. 특성화고라면 관광산업고, 애니매이션고, 조리고, 디자인고, 영상고 등 많은데?"

나는 슬쩍 담임이 펼치고 있는 안내 책자를 보았다. 학교 이름보다 깨알만 하게 적혀 있는 학교 주소에 먼저 눈이 갔다. 경기도, 서울, 경상남도…….

"이 중에서 네가 제일 자신 있는 분야가 뭐야? 적성에 맞는 곳을 찾아야지."

나는 자신 없는 목소리로 대답했다.

"여기서 제일 멀리 떨어져 있는 학교로 써 주세요."

담임은 어이가 없다는 얼굴로 피식 쓴웃음을 지었다.

"엄마와 의논은 한 거니?"

당연히 엄마는 모른다. 지금 영감 병간호를 하느라 내 문제에는 신경 쓸 여력이 없다.

나는 아무런 대답도 할 수 없었다.

담임이 말했다.

"네가 단지 집을 떠나고 싶은 마음으로 학교를 선택하는 거라면 다시 생각해 보기 바란다. 집은 언제라도 떠날 수 있지만 자기가 평생 좋아하면서 잘할 수 있는 걸 선택하는 것은 일생이 달린 문제니까. 일단은 좀 더 보고 그 다음에 엄마와 상의를 해서 최종적으로 어디 갈 건지 정하자."

"네."

간신히 대답을 하고 상담실에서 나왔다.

윤건영이 복도에서 기다리고 있다가 다가왔다. 나는 윤건영을 못 본 척하며 그대로 걸어갔다. 윤건영이 뒤에서 따라오며 물었다.

"이번 주 토요일 콘서트 갈 거지?"

"……."

윤건영은 계속 따라왔다. 나는 교실로 가는 대신 밖으로 나갔다. 윤건영은 등나무 벤치까지 따라와 말했다.

"그거 비싼 거다. 꼭 가야 돼."

나는 윤건영을 똑바로 쳐다봤다. 한 번도 그 아이를 제대로 쳐다본 적이 없었는데 이제는 용기가 생겼다. 윤건영의 눈동자는 작지만 새까맣고 빛났으며 콧날은 오똑하고 피부는 희고 매끄러웠다. 금속테 안경을 써서 차갑고 무뚝뚝해 보였지만 자세히 보니 전체적으로 인상이 따뜻했다. 저 얼굴 때문에 내 마음이 흔들렸던 걸까? 아니면 책임감 있는 행동 때문일까?

나는 그럴 수도 있다. 그런데 윤건영이 나한테 관심이 있다는 것을 도저히 이해할 수도 없고 믿을 수도 없었다. 지영이는 내가 여기로 전학 온 첫날부터 윤건영이 나를 찍었다고 말했다. 도대체 무슨 이유로 윤건영이?

"물어볼 게 있어."

윤건영이 두 눈을 깜박거리며 어깨를 으쓱해 보였다.

"뭐든지."

내가 물었다.

"너, 나 좋아하니?"

내가 어떻게 이런 용기를 냈는지 모르겠다. 하지만 나는 분명히 그렇게 물었다. 순간 윤건영 얼굴에 당황한 빛이 나타났다가 금세 사라졌다.

윤건영이 입꼬리를 올리며 살짝 웃었다.

“궁금해?”

“응.”

“그럼 콘서트에 와. 그때 말해 줄게.”

## 사람들이 한 방향으로 걸어갔다.

지하철역에서부터 잠실 체육관까지 마치 축제에 가는 것처럼 모두 흥분된 표정이었다. 태극기를 어깨에 걸치거나, 주다스 프리스트의 상징인 삼지창을 높이 쳐들고 걷는 남자들도 있었고 짙은 스모키 화장을 한 여자들도 있었다.

나도 그들 틈에 끼여서 걸었다. 나 역시 검은 옷을 입고 스모키 화장을 하고 검은 가죽 팔찌를 찼다.

결국 콘서트에 오고 말았다. 혼자 헤비 메탈 콘서트에 가는 꼴이라니. 주변을 아무리 둘러봐도 혼자 걷는 사람은 나뿐이었다. 다들 두세 명, 많으면 네다섯 명씩 무리를 지어 유쾌한 얼굴로 걸어갔다.

잠실 체육관이 가까워 오자 사람들은 더 많아졌다. 내 의지대로 걷는 게 아니라 무리의 의지대로 걷는 것 같았다.

동쪽 입구 앞에서 어디로 들어가야 할지 몰라 두리번거리고 있는데 매표소 앞에서 아는 얼굴이 보였다. 윤건영이었다. 낯선 사람들 속에서 낯익은 얼굴을 보니 일단은 반가웠다.

윤건영이 활짝 웃으며 내가 있는 쪽으로 걸어왔다.

"왜 이렇게 늦게 왔냐? 여기서 30분 넘게 기다렸어."

"약속 시간 정확히 맞춰서 왔는데?

윤건영이 머쓱한 얼굴로 말했다.

"그래? 아, 내가 30분 빨리 왔구나. 암튼 빨리 가자."

윤건영이 매표소를 향해 달려갔고 나도 얼떨결에 따라 달렸다. 윤건영은 매표소에서 티켓과 입장권을 바꿨다. 우리는 드디어 공연장 안으로 들어갔다.

좌석에는 드문드문 사람들이 앉아 있었고 스탠딩 자리인 A 구역에는 앞에서부터 사람들이 들어차 있었다. B 구역에는 사람들이 별로 없었다. 우리는 사람들이 별로 없는 B 구역으로 갔다. 윤건영은 무대가 가장 잘 보일 만한 자리를 차지했다.

금세 스탠딩 좌석이 꽉 찼다. 넓었던 공간이 점점 좁아지면서 겨우 서 있기조차 힘들 만큼 사람들이 물밀듯이 밀려들어왔다. 2층 좌석까지 사람이 가득 찼다. 사람들이 뿜어내는 열기로 공연장 안은 공연이 시작되기 전인데도 뜨거웠다.

우리나라 헤비 메탈 그룹의 오프닝 공연이 시작되었다. 사람들은 손가락으로 록을 상징하는 피스 자를 만들어 보이며 열띤 환호성을 보냈다. 거대한 가마솥을 달구기라도 하듯 우리나라 헤비 메탈 그룹이 서서히 장작에 불을 지폈다.

사람들은 음악에 맞춰 함성을 질러 댔다. 중저음의 낮고 묵직한 긴 여운이 남는 함성이었다. 헤비 메탈 그룹은 신나게 연주하고 열정적으로 노래했다. 가마솥을 달궈 놓기에 충분한 실력이었다.

연주가 계속될수록 사람들이 점점 앞으로 밀려들었다. 옆사람과 뒷사람이 조금의 공간도 없이 밀착되었다. 나는 밀려나지 않도록 팬스를 꽉 쥐었다.

드디어 오프닝 무대가 끝나고 본 무대를 준비하는 대기 시간이 되었다. 스탠딩 좌석에 서 있는 사람들은 그 자리에서 꼼짝도 하지 않았다.

공연장 안은 사우나에 들어온 것처럼 열기로 가득했다. 사람들이 떠도는 소리가 한 덩어리처럼 뭉쳐 웅웅거렸다.

윤건영의 얼굴이 땀으로 번들거렸다.

"야, 우리나라 헤비 메탈도 수준 꽤 높지 않냐?"

내 몸도 이미 음악으로 뜨겁게 달구어졌다. 직접 생음악으로 들으니 이어폰으로 듣던 것과는 차원이 달랐다.

내가 대답했다.

"그럼 뭐 하냐? 들어주는 사람들도 없는데. 이제 록이나 헤비 메탈은 죽었어. 팔십 년대가 전성기였지."

윤건영이 장난기 가득한 미소를 지으며 말했다.

"우아, 너 뭘 좀 아는데?"

"몰랐냐? 나 헤비 메탈 마니아야."

윤건영이 손가락으로 록의 상징인 피스를 만들어 보이며 소리쳤다.

"록 윌 네버 다이."

대기 시간이 끝나고 갑자기 공연장에 불이 꺼지면서 주위가 일순간에 조용해졌다. 침묵과 어둠은 둘이 원래 하나였던 것처럼 잘 어울렸다. 숨 막힐 듯한 침묵을 깨고 갑자기 무대에 불이 켜졌다. 잠들어 있는 수많은 사람을 동시에 깨울 것 같은 강렬한 빛이었다. 무대 중앙에 주다스 프리스트의 로고가 떠오르면서 화려한 조명들이 순식간에 쏟아졌다. 무대는 삼지창과 쇠사슬, 검은 천 같은 것들로 장식돼 있었다.

마술처럼 그들이 무대 위에 있었다. 드럼 스콧 트라비스, 기타 글렌 팁튼, 베이스 이안 힐, 기타 리치 포크너. 그리고 어정쩡한 걸음걸이로 걸어나오는 보컬 롭 핼포트.

뒤꿈치에서부터 끔찍한 전율이 일어나 등줄기를 타고 머리까지 올라왔다. 온몸이 작은 구멍 속으로 빨려 들어가는 것 같은 기분.

연주가 시작되었다.

첫 곡은 〈래피드 파이어 Rapid Fre〉. 롭 핼포트가 무대 중앙에 서서 약간 고개를 숙인 채 금속성의 고음을 뽑아내기 시작했다. 관객들은 이성을 잃고 소리를 질러 댔다. 드럼에서 나오는 강한 비트의 리듬이 강하고 긴 쇠파이프처럼 공연장 곳곳에 가서 박혔다. 그 사이사이에 기타에서 뿜어져 나온 리듬이 길고 가는 줄처럼 쇠파이프 사이사이를 감싸고 돌았다. 드럼의 비트와 기타의 선율이 굵고 가늘게, 여리고 강하게 묘한 조화를 이루며 하나의 음율을 만들어 냈다.

롭 핼포트의 노래는 사람의 목이라는 악기에서 나오는 단 하나의 소리에 불과했다. 드럼과 기타와 사람의 목소리는 완벽한 연주를 만들어 냈다. 그들의 연주는 내 혈관을 타고 온몸을 돌아 심장에 도착했다. 내 심장에서 쿵쿵 소리가 났다. 심장은 그 소리를 혈관을 통해 온몸으로 날랐다. 이윽고 온몸에 퍼진 소리들이 미친 듯이 아우성을 쳤다.

사람들은 집단 최면에 걸린 것처럼 노래에 맞춰 떼창을 했다. 양손을 높이 들어 흔들고 연주에 맞춰 헤드뱅잉을 해 댔다.

무대 중앙에서는 환상적인 레이저 쇼가 펼쳐졌다. 강하고 긴 빛이 쏘아 대는 그림들은 환상적이면서 몽환적이었다. 음악이 연주될 때마다 무대 위 스크린에는 주다스 프리스트의 앨범들이 비춰졌다. 평생 한 자리를 지킨 노년의 아티스트에게 저절로 뜨거운 존경심이 들었다.

주다스 프리스트가 〈블러드 레드 스카이스 Blood Red Skies〉를 연주했다. 금속성의 고음을 뚫고 강한 비트의 드럼 연주가 파고들었다. 그 사이사이 말을 건네듯 베이스 기타와 기타의 선율이 한 음 한 음 울려 나와 고음과 비트를 어루만졌다. 악기들과 사람 목소리가 완벽한 하나의 생명체처럼 조화를 이루며 살아서 꿈틀거렸다.

그 소리는 물리적인 힘이 있었다. 그 소리는 아픔이 느껴질 정도로 내 몸을 때렸다. 나처럼 온몸을 얻어맞은 사람들은 점점 더 흥분했다.

"록 윌 네버 다이."

그들은 한목소리로 그렇게 소리치고 있었다.

집단 광기에 빠진 관객들은 그들의 메탈 신 주다스 프리스트를 향해 열렬한 찬양을 보내고 있었다.

어느 순간 갑자기 음악이 멈췄다. 광기에 가득 찬 사람들의 함성도 멈추고 관객석을 향해 어지럽게 쏘아 대던 레이저 빛도 멈추었다. 그리고 시간도 멈췄다. 모든 게 완전히 멈춰 버렸다.

그 속에서 유일하게 움직이는 건 윤건영과 나 둘뿐.

윤건영이 말했다.

"널 처음 보는 순간부터 좋아했어."

일 초? 아니면 영원의 시간? 도저히 가늠할 수 없는 시간이 흘렀다. 마침내 수분이 모두 빠져 나간 내 몸이 마른 모래처럼 부서져 내린다고 느낀 그 순간, 시간의 마법이 풀리면서 모든 게 움직이기 시작했다.

연주는 폭풍처럼 강하고 폭우처럼 무겁고 그러면서도 치타처럼 빠르게 바뀌었다. 사람들은 약속이나 한 듯 일제히 팔을 높이 쳐들고 뛰어올랐다. 윤건영도 뛰고 나도 뛰었다. 수천 명의 관객이 마치 한 몸인 것처럼 음악에 맞춰 뛰었다.

윤건영이 소리쳤다.

"야, 진광민!"

나는 고개를 돌렸다. 어둠과 함성 때문에 사람들의 얼굴이 제대로 보이지 않았다. 사이키 조명이 번쩍이는 사람들 틈에서 윤건영이 내 귀에 대고 큰 소리로 말했다.

"즐겨. 음악은 생각하는 게 아니라 즐기는 거야."

땀에 젖은 윤건영의 얼굴이 조명을 받아 번들거렸다. 윤건영은 내 팔목을 잡고 높이 쳐들었다. 이렇게 뛰어봐. 윤건영이 방방 뛰었다. 나는 엉거주춤한 자세로 어설프게 뛰었다. 윤건영이 더 높이 뛰었다. 나도 조금 높이 뛰었다. 윤건영이 활짝 웃으며 소리쳤다.

"거 봐. 할 수 있잖아."

온몸이 부풀어서 금방이라도 터질 것 같았다. 몸속에서 활활 타오르던 불덩어리가 목구멍을 타고 올라왔다. 고함을 지를 때마다 뜨거운 불덩어리를 토했다.

롭 핼포트가 마이크를 관객에게 넘겼다. 관객들이 일제히 〈브레이킹 더 로우 Breaking The Law〉를 떼창하기 시작했다. 관객들이 부르는 그 노래는 박자와 리듬이 딱딱 들어맞았다. 주다스 프리스트와 수천 명의 관객이 하나가 되는 순간.

우리는 노래를 불렀다.

틀을 부숴 버려.
틀을 부숴 버려.
틀을 부숴 버려,
틀을 부숴 버려.

길고 긴 파장을 남기는 메아리처럼 혹은 간절한 염원을 담은 주문처럼 후렴구는 공연장 안을 가득 메웠다.

〈브레이킹 더 로우〉를 끝으로 공연이 끝났다. 불이 켜지고 막이 내려갔다. 주다스 프리스트 맴버들은 다시는 무대 위로 나오지 않았다.

사람들이 질서 정연하게 공연장을 빠져나가기 시작했다.

공연이 끝나고 사람들에게 밀려 밖으로 나왔다. 공연장 밖에는 사람들이 여기저기 모여 있었다. 그들은 아직도 흥분이 가시지 않은 듯 함께 어깨동무하거나 빙 둘러서서 목청껏 노래를 불러 댔다.

윤건영이 흥분이 가시지 않은 얼굴로 말했다.

"아, 이제 죽어도 여한이 없다. 내가 주다스 할배들 공연을 보다니 이게 꿈이냐, 생시냐."

도로 위에는 자동차들이 쌩쌩 달렸고 도로 주변에는 대낮처럼 불을 밝힌 상점들이 늘어서 있었다. 방금 전 공연을 봤던 게 천 년 전처럼 아득하게 느껴졌다.

우리는 건너편으로 가기 위해 횡단보도를 건넜다. 거리에는 사람들이 썰물과 밀물처럼 우르르 몰려다녔다. 우리도 썰물처럼 사람들 속으로 밀려 들어갔다.

## 영감이 깊은 잠에 빠졌다.

벌써 일주일 째 영감은 잠에서 깨지 않고 있다. 아마 길고 긴 꿈을 꾸고 있는 모양이다.

엄마는 간이 침대를 영감 방에 옮겨 놓고 그 옆에서 24시간 간호하고 있다.

내가 어렸을 때 엄마가 아픈 나를 간호해 준 적이 있다. 열이 나서 온몸이 펄펄 끓자 엄마는 밤새 찬물에 적신 수건으로 내 몸을 닦아 주었다. 꼼꼼하고 세심하게 오백 년도 더 된 골동품 도자기를 닦듯 아주 조심스럽게. 엄마는 나를 간호하며 말했다. 괜찮아, 괜찮아. 이제 조금만 있으면 열이 내릴 거야. 크려고 아픈 거니까 조금만 참자.

머리가 깨질 듯 아프고 온몸이 바늘로 콕콕 쑤시는 것처럼 아팠는데 엄마의 얼굴을 보고 그 말을 들으면 조금 안심이 됐다. 엄마가 옆에 있으니까 죽지는 않겠지 하는 생각이 들었다.

이제 엄마는 영감을 간호하고 있다. 영감도 그때 나처럼 안심이 될까? 괜찮아요, 선생님. 조금만 견디면 다시 일어날 수 있을 거예요. 그렇게 엄마가 영감 귀에 대고 속삭일지도 모르지.

세상에 비밀은 없다. 엄마는 스스로 영감과의 인연을 고백했다. 역시 내 예감대로 엄마와 영감은 특별한 관계였다.

며칠 전, 비가 주룩주룩 내리던 날 저녁이었다. 둘이서 저녁밥을 먹고 영감 방으로 들어가기 전 엄마가 잠깐 얘기를 하자고 했다.

엄마는 담담하게 고백했다.

"내가 선생님을 만난 건 고2 때였어."

영감은 엄마 고등학교 국어 선생님이었는데 여학생들 사이에서 인기가 많았다고 한다. 훤칠한 키에 우수에 젖은 잘생긴 얼굴, 거기다 독신남이었다. 영감은 수업 시간 전에 시를 읊어 줬다. 엄마 표현대로라면 영감은 빠져들지 않고는 못 견디는 멋진 남자였다.

대부분의 짝사랑은 짝사랑에서 끝나고 만다. 더구나 선생님에 대한 여학생들의 짝사랑은 한순간의 열병처럼 불이 붙었다가 금세 식어 버리고 만다. 영감을 죽을 것처럼 좋아했던 학생들도 해가 바뀌고 3학년이 되자 언제 그런 일이 있었느냐는 듯 사랑이 식어 버렸다.

하지만 엄마는 달랐다. 학교를 졸업하고도 영감을 잊지 못했다. 영감은 엄마 같은 학생이 있었는지 기억도 못할 만큼 긴 시간이 흐를 때까지. 엄마의 마음속에는 잘생긴 국어 선생님이 작은 꽃씨처럼 웅크린 채 자리를 잡고 있었다.

엄마가 영감을 다시 만난 건 아빠와 모진 풍파를 겪을 때였다. 무슨 삼류 드라마의 한 장면처럼 영감이 엄마가 일하는 식당에 밥을 먹으러 왔다. 영감을 본 엄마는 주방 안으로 들어가 숨어 버렸다. 이제는 중년에서 노년으로 넘어간 나이였지만 영감을 본 엄마는 고2 그때처럼 떨었다.

영감이 혼자 밥을 먹고 식당에서 나간 뒤에도 엄마는 주방에서 한동안 나오지 못했다. 그날 엄마의 마음속에 자리 잡고 있던 꽃씨가 싹이 트고 빠른 속도로 꽃이 피어올랐다.

엄마 고등학교 동창이 영감 소식을 알려 준 건 우리가 아빠를 피해 옥탑방에 살 때였다. 말기암에 걸린 영감이 혼자 시골에 살고 있다는 소식이었다. 엄마는 수소문을 해서 이곳을 찾아냈고 가사도우미로 취직했다. 그때까지 영감은 엄마를 알아보지 못했다고 한다.

"그럼 언제 영감이 엄마를 알아본 거야?"

"쓰러지던 날."

영감이 쓰러지던 날을 똑똑히 기억한다. 계속 방에 누워만 있던 영감이 바깥바람을 쐬고 싶다며 밖으로 나왔다. 엄마가 영감을 부축해 마당으로 나갔고 두 사람은 마당에 있는 야외 테이블에 오래 앉아 있었다. 물을 마시기 위해 부엌으로 가고 있는데 영감이 의자에 앉은 채 옆으로 쓰러졌다. 놀란 엄마가 소리쳤다. 구급차 불러, 빨리. 구급차가 오고 영감이 병원에 실려 가고, 며칠 후 집으로 돌아온 영감은 의식 불명 상태가 됐다.

"그럼, 그날 마당에서 말한 거야?"

"응. 난 선생님이 날 모를 줄 알았는데 내 이름을 불러 주셨어. '지혜야, 고맙다.'라고."

"그럼 엄마를 알고 있었다는 거야?"

엄마가 고개를 끄덕였다.

"알면서도 내색을 하지 않은 거야. 선생님은 그런 분이었어. 깊이를 들여다볼 수 없을 만큼 깊고 넓은 분."

새 교복을 입었다.

영감이 사 줬지만 안 입고 옷장에 처박아 두었었다. 교복은 내 몸에 꼭 맞았다. 2학기도 거의 다 지나가는데 새삼스럽게 교복을 꺼내 입기가 민망했지만, 이렇게라도 해야 내 마음이 편할 것 같았다.

아래층으로 갔더니 엄마가 놀란 눈으로 나를 위아래로 훑어봤다.

"웬일이야? 안 입겠다더니."

엄마가 미소를 지었다. 정말 오랜만에 보는 미소였다.

학교에 가기 전 영감 방으로 들어갔다. 영감 방에서는 약 냄새가 진동했고 침대 머리맡에는 의료용 기구가 놓여 있었다.

영감의 얼굴은 평온했다. 얼굴에서 그 옛날 엄마를 설레게 했던 젊은 날의 국어 선생님 얼굴을 찾아보았다. 우수에 가득 찬 표정으로 시를 읊어 주던 멋진 남자. 아직도 엄마를 소녀처럼 설레게 하는 그 강력한 힘이 있는 남자의 얼굴. 언뜻 그런 얼굴이 보였다.

영감은 나한테 미움 받을 만한 이유가 전혀 없는데도 영감을 미워

했다.

잠이 든 영감의 귀에 대고 말했다.

"미안해요."

영감의 눈꺼풀이 가늘게 흔들렸다. 허리를 숙여 인사를 하고 돌아섰다. 영감은 잠을 자고 있지만 분명 내 말을 들었을 거고 내가 입은 교복을 보고 있을 거라는 확신이 들었다.

돌아서서 걷다 말고 다시 영감에게 갔다. 그리고 영감의 잠든 얼굴에 대고 말했다.

"죽지 마요. 제발."

## 지구를 열두 바퀴쯤

돌다 온 것 같았는데 놀이터는 그때 그대로였다. 놀이터에서 노는 아이들도 그대로였고 아이들이 힘차게 타고 있던 그네도 그대로였다.

이사 가기 전 혼자 깡통을 묻으러 이곳에 왔었다. 그동안 모아 뒀던 내 시간을 몽땅 깡통에 담아 묻었다. 영원히 봉인된 채 놀이터 그네 밑에 잠자고 있으라고. 그 이후 내 시간은 멈췄다. 하지만 지금은 멈췄던 내 시간이 흘러간다. 째깍째깍 경쾌한 소리를 내며.

이제 다시 시간을 모아 볼까? 내가 모아 둔 시간 위에 또 다른 시간을 모아 볼까? 그런 생각이 들자 문득 잊고 있었던 깡통이 생각났다.

그때는 혼자였지만 지금은 내 옆에 윤건영이 있다.

내가 갈 데가 있다고 했을 때 윤건영은 어디 가느냐고 묻지 않고 따라왔다. 그게 고마웠다. 나밖에 모르는 나는 아직도 고맙다는 인사를 할 줄도 모른다.

윤건영이 놀이터를 둘러보며 물었다.

"여긴 왜 온 거야?"

나는 그네를 가리켰다. 서너 살쯤되어 보이는 남자아이가 그네를 타고 있었다.

저기에 내 양철 깡통이 묻혀 있다. 그걸 열면 내 기억 속의 모든 시간이 한꺼번에 쏟아져 나올지도 모른다. 아프고 슬프고 어둡고 비참했던 시간. 공기와 물은 없어지는 게 아니다. 우주를 떠돌다가 다시 인간에게로 와서 숨을 쉬게 해 주고 몸속으로 들어가 피를 돌게 한다. 나에게서 떠나갔던 시간도 마찬가지다. 우주를 떠돌고 떠돌다 언젠가 나에게로 돌아온다. 영감에게서, 엄마에게서 그 사실을 알았다.

"저긴 왜?"

"저 아래 내 소중한 물건이 묻혀 있어."

윤건영이 도저히 이해할 수 없다는 표정으로 어깨를 으쓱했다. 가끔씩 윤건영은 그런 표정과 몸짓을 한다.

그네를 타던 아이가 폴짝 뛰어내려 미끄럼틀로 달려갔다. 나는 가방에서 모종삽 두 개를 꺼내 하나를 윤건영에게 내밀었다.

"이제 팔까?"

나는 심호흡을 크게 하고 수많은 발자국에 밟혀 딱딱하게 굳어 있는 땅을 파기 시작했다.

## 작가의 말

고등학교 2학년 때 한 여자애를 지독히 짝사랑했던 적이 있었다. 유난히 하얀 피부에 짧은 반 곱슬머리, 큰 키에 비쩍 마른 몸매, 늘 미소를 짓고 있던 아이였다. 그 애가 내 옆으로 지나가기만 해도 내 심장은 미친 듯 뛰었고 온몸이 떨렸다. 그때는 폭풍 같은 감정에 휩싸여 혼자 몰래 울기도 했는데, 그 애를 너무 사랑했던 나머지 내 삶을 불행하게 느낄 정도였다.

그 시절의 나는 대인 관계에 서툴러 친구를 사귀는 법도 몰랐고 짝사랑을 고백할 용기도 없었다. 그리고 고백한들 무슨 소용이 있나 싶었다. 어차피 이루어지지 않을 사랑인데……. 혼자 앓다가 결국 젖 먹던 용기까지 짜내 익명으로 그 애 책상 서랍에 편지를 넣었다. 편지는 단 한 줄이었다.

"너는 나에게, 싱클레어의 데미안 같은 존재야."

그 편지를 보내면서 나는 아프기만 한 내 사랑을 끝내기로 결심했고, 학년이 바뀔 때쯤 정말로 잊었다. 그리고 한참이 지나 여학생들이 동성을 사랑할 수 있다는 사실을 알았다. 하지만 당시에는 그 낯선 감정이 굉장히 혼란스러웠다. 이성을 사랑하는 감정과는 비교도 되지 않을 만큼 강렬했고 고통스러웠다. 또 한편으로는 지독하게 황홀했던 그 이상한 감정의 정체를 아직도 모르겠다. 하지만 동성을 사랑했던 그 감정 만큼은 지금까지도 문신처럼 아주 선명하게 남아 있다.

어느 중학교에서 '동성애에 관한 설문지'를 작성했다는 기사를 보고 문득 그때의 감정이 떠올랐다. 어른들은 청소년들의 동성애에 현미경을 들이대고 굴곡된 시선으로 그 현미경을 들여다본다. '함부로' 어른들의 감성으로 아이들의 감성을 단정하고 그 감성들을 억압한다. 그건 폭력이다.

돌이켜 보면 청소년기에 동성을 사랑했던 그 감정은 나에게는 너무나 소중한 기억이었다. 그때를 떠올려 《이상한 동거》를 썼다. 이 소설을 쓰는 내내 너무 아팠다. 생각했던 것만큼 글이 써지지 않아 써놓고 지우고 또 지웠다. 글을 쓰면서 나도 청소년들의 동성애를 바라보는 어른들의 폭력에 가담하고 있지 않나 하는 자괴감이 들어 더 아팠는지도 모르겠다.

글을 다 쓰고 나서 동성애든 이성애든 결국 '관계'의 문제라는 사실을 다시 한 번 깨달았다. 너와 나의 관계. 그 수많은 너와 나의 관계 속에서 인간은 많은 감정을 소진하고, 또 다른 관계로 감정을 채워 가며 살아간다. 어쩔 수 없지만 그것이 인간이다.

네 번째 청소년 소설을 세상으로 내보내는 마음이 기쁘기보다 무겁다. 좋은 작품을 쓰고 싶은 마음은 저만큼 앞서가 있는데 현실의 발걸음이 따라가 주지 않는 절망감 때문일지도 모르겠다.

지금도 너와 나의 관계 때문에 힘들어하는 청소년들, 특히 내가 세상에서 가장 사랑하는 딸 H에게 간절함을 담아 말하고 싶다.

"제발 아프지 마."

김선희

**주니어김영사 청소년 문학 10**

이상한 동거

1판 1쇄 인쇄 | 2016. 6. 24.
1판 1쇄 발행 | 2016. 6. 29.

김선희 지음

**발행처** 김영사 | **발행인** 김강유
**편집** 문자영 | **디자인** 윤소라
**등록번호** 제 406-2003-036호 | **등록일자** 1979. 5. 17.
**주소** 경기도 파주시 문발로 197 (우10881)
**전화** 마케팅부 031-955-3100 | **편집부** 031-955-3113~20 | **팩스** 031-955-3111

값은 표지에 있습니다.
ISBN 978-89-349-7520-5 43810

좋은 독자가 좋은 책을 만듭니다. 김영사는 독자 여러분의 의견에 항상 귀 기울이고 있습니다.
독자의견전화 031-955-3139 | 전자우편 book@gimmyoung.com
홈페이지 www.gimmyoungjr.com | 어린이들의 책놀이터 cafe.naver.com/gimmyoungjr

---

이 도서의 국립중앙도서관 출판시도서목록(CIP)은 서지정보유통지원시스템 홈페이지(http://seoji.nl.go.kr)와 국가자료공동목록시스템(http://www.nl.go.kr/kolisnet)에서 이용할 수 있습니다. (CIP제어번호 : CIP2016015028)

**⚠주의** 책 모서리에 찍히거나 책장에 베이지 않게 조심하세요.